鳥居の向こうは、知らない世界でした。4
〜花ざかりの王宮の妃たち〜

友麻　碧

幻冬舎文庫

鳥居の向こうは、知らない世界でした。4

花ざかりの王宮の妃たち

目次

月の峠　月の峠
月の峠を目指してあなたは行く
私を置いて　夢を探す

月の峠　月の峠
月の峠には山茶花《さざんか》の花が咲く
だけど雪が埋め尽くす

月の峠　月の峠
月の峠はまだ見ぬ故郷
あなたは眠り　いつか私も　そこへ行く

（常風国《じょうふうこく》の民謡『月の峠』より）

第一話◆人生の分岐点

梅雨《つゆ》入りしたのだろうか……

雨は嫌いではないが、憂鬱な時に降るととことん憂鬱になる。

私、夏見《なつみ》千歳《ちとせ》は、自室の窓からザーザーと降る雨の音を聞きながら、先週終わったばかりの〝国家薬師《くすし》資格試験〟について考えていた。

机の上には、まだ数々の本が積み上がっていて、今でも時々開いて勉強をしてしまう。その度に、薬師のお師匠様である零《れい》先生に「安本丹《あんぽんたん》！」と怒られて、本を閉じるのだけれど。

手応えはあった。

だけど試験後、一つのミスに気がついてしまい、あれからずっと心配しているのだ。

この半月ほど、一生懸命に受験勉強をしたけれど、どんな結果が待っているだろう。

ああ、自分って本当に小心者。

「どうしよう。落ちたらどうしよう」

「どうもこうもない。また受け直せばいいだけの話だ。試験は来年もあるのだからな」

零先生が、珍しく私の部屋にやってきた。

零先生はここ千国《せんごく》で一番の薬師。白髪と、裾の長い白い羽織姿が特徴的な、神秘的な出で立ちだが、見た目の若さに反してとても長生きをしている仙人だ。

そして私は、零先生の弟子。

「それでも心配なものは心配なのです」

先生が持ってきてくれた、温かい烏龍茶《ウーロン》を受け取って、私は唇を尖らせる。

悠長にしていられない理由が、私にはあるのだ。

「そもそもお前、資格を取ったところで、宮廷薬師になるつもりがあるのか？」

「今はまだ、薬師として信用に足る資格を持っていたいと思っているだけです。ここで働くのにも、資格があるのとないのとでは、薬師としての説得力が全然違いますから」

私は、いくつかの選択肢の狭間で、今は答えを出せずにいる。

零先生のもとで薬師として働くこと、宮廷薬師として王宮勤めをすること、そして、もう一つ……

零先生は、私が悶々《もんもん》と考え込んでしまったのを見て、視線を横に流しながら、

「言っておくが、俺は資格など持っていないぞ」

「え？　そうなんですか？」

突然のカミングアウト。今更だが驚かされる。

先生は私に持ってきたものと同じものを啜《すす》りながら、別の窓から雨の降る薬庭を見ていた。

「お前の受けた国家薬師の資格制度は、およそ二十年前にできたもので、俺はそれより前からこの国で薬師をしていたからな。今更そんなものを受ける必要もなかったのだ」

「なるほど。そういうことですか」

まあ、零先生くらい名の知れた凄《すご》い薬師なら、それでいいのだろうけれど。

私は無名の、しかも異界からやってきた、女性の薬師見習い。

この国で女性が薬師をすることは少なく、いくら零先生の弟子とはいえ、私は私の力を証明できる何かが必要な気がしていた。

ここ、千国に来て、二年が過ぎようとしている。

元々私は、この世界とは別の世界にある、日本という国の普通の女子大生だったが、二十歳の誕生日に鳥居をくぐってこの千国に迷い込み、零先生に出会って、薬師見習いとして働き始めた。

母が亡くなり、父とは微妙な関係のまま、この異界にやってきた。

母は元々この世界に迷い込んだ人間の一人で、最終的に元の世界の日本に戻って私を産んだ。母がこの世界で過ごした日々については、彼女の日記に記されている。母の日記が役に立ち〝惚《ほ》れ薬〟の騒動を解決したのは、少し前のこと。

また、腹違いの弟・優君《すぐる》も、私を捜してこの世界へとやってきた。

弟を元の世界へと帰すお手伝いをしたのは、もう一年以上前のことかな。

他にも、この国の姫君にピアノを教えたり、この国の王子に嫁いできた異国の王女様のお茶係をしたりと、何かと慌ただしく過ごしてきた。

そうして、迎えた二度目の春。

新しい王が立ち、この国も色々なことが様変わりした気がする。

新王・青火《せいか》様は、この国よりずっと進んだ文明を持つ西国の技術を取り入れ、この国のあり方をガラリと変えようとしている。

また、二人の王弟、左京《さきょう》王子と透李《とうり》王子が、新王の改革を側《そば》で支えている。

少し前に、千国の地方を治める豪族たちの反対を押し切り、港町と千華街《せんかがい》を繋ぐ鉄道を作った。

これが改革の象徴となり、鉄道が運ぶ異国の産物は千華街の流行や、商売のあり方を変えた。この国には、目に見えて西国からやってくる観光客が増え、西国の品物や食べ物が市場に出回った。

その陰で、変わることのできない者たちが、消えていく。

この国の、先代の正王妃もそうだった。

千国に最も近い大陸の大国〝常風国《じょうふうこく》〟より嫁いできた正王妃・香華《こうか》様。

元々、王宮でも勝手なことを繰り返してきた悪の王妃として有名だった。

自分の息子である第二王子を新王に立て、今までと変わることのない千国を目指していたが、それは第一王子の青火王子によって阻止される。先代国王の引退後、焦りにかられた彼女の企みは何度となく失敗し、その失敗が綻《ほころ》びとなって、彼女の身を滅ぼした。

もとより正王妃と対立していた青火様は、第二王子・左京様と密かに手を組んでおり、正王妃の謀反の証拠を揃《そろ》え、スミレの香水がもたらした夏の大暴動をきっかけに、彼女とその側近たちを捕らえたのだ。

そして、そのほとんどを、この冬の間に処刑したと聞いた。

正王妃だけは、彼女の祖国である巨大な常風国の存在もあり、処刑できずに王宮内の楼閣《ろうかく》で幽閉状態だという。

私の知っていること、知らないこと。

知らないうちに始まり、終わってしまったこと。

とても多くの事情が絡み合い、この国は今、複雑な渦《うず》の中にある。

それでも確かに、未知なる歴史を刻むために、動き出しているのだ。

零先生は国のことに口出しこそしないが、変わりつつある風の匂いに、不安げな表情をしていることもある。

「千歳、俺は少し納屋の方へ行く」

「え？　今からですか？　何かものを取りに行くようでしたら、私が行きますけれど。雨が降っていますよ？」

「だからなんだ。このくらいの雨、傘をさせば問題ない」

「いや、だって……滑って転んで、頭を打って怪我《けが》でもしたら」

「師匠をじじい扱いするな。この安本丹め！」

そしてカンカンに怒って、部屋を出て行った先生。

安本丹は先生の口癖だ。相変わらず怒りっぽいところが、頑固なお爺《じい》さんっぽい。

見た目は二十代の若者という感じで、その姿はもうずっと前から変わっていないらしいが、いつか私の方が、零先生より年上に見えるようになったりするのだろうか。

とはいえ、見た目が若いだけで体調は崩しやすいし、首も肩も腰も凝っているとぼやいているし、相変わらず私がしっかり見ていないと、食事も適当になってしまう。

零先生との生活にもすっかり慣れて、私はあの人のお世話になりながらも、時々お世話をしているようなもの。この国の誰より、先生の扱いに長《た》けた存在となった。

おかげで、零先生に何か相談がある人は、一度私に話を持ちかけ先生に取り成して欲しいと言ってきたりする。特に、先生にビビりがちな、王宮の人間たちは。

「ああ。そろそろ、夕食の準備をしなくちゃ。今夜は何にしようかしら」

立ち上がり、一階に下りて、台所へと向かう。

薬園《やくえん》に囲まれていて、住んでいる人間も少ないこの家はとても静かだ。だけど、床の軋《きし》んだ音が、この家の古さを思わせる。

先生はずっとこの家に住んでいる。

いつから、ここにいるんだろう……

そういえば、私は先生と暮らしてそれなりになるが、先生の過去をほとんど知らないな。

先生の食事の好みや、一日の生活のサイクルなどは、それなりに把握してきたけれど。

「今日の夕飯は——……甘藍《かんらん》がひと玉あるから、この葉っぱで豚肉や糯米《もちごめ》を巻いて、ピリ辛スープで煮込みましょうか」

甘藍とはキャベツのこと。春キャベツが薬園でよく採れるので、最近はたくさん食べている。

他にはキノコ類や、タコ足やイカ団子、魚介の練り物、卵に根菜、イモ類など。

これをピリ辛だがあっさりしたスープで煮込むのだ。煮込んでいるうちに、具の美味《おい》しい出汁《だし》が滲《にじ》み出てくる。

日本のおでんのようなものかもしれない。

千国風の味付けで作った、私なりのお料理だ。

「普通、おでんといったら冬に食べるものだけれど……まあいっか。栄養が取れるし」

身近にあるもので美味しく、栄養のあるものを作る。それが心得の一つ。

なので、せっせとロールキャベツを作り、他の具材と一緒に大鍋に入れて煮込む。

味見をしていたら、先生が戻ってきた。

先生は案の定少し濡《ぬ》れていたので、私は急いで、ふわふわした手ぬぐいを持っていく。

最近、西国のフカフカタオルが千華街でも売られているが、これはそれを模してこの国の綿で作られたもの。柔らかく、水をよく吸う。

「先生、こんなに濡れてしまって。寒くないですか？」

「問題ない。それに、もう雨は上がった。外は雨上がりの夕焼けが、綺麗《きれい》だぞ。お前も見てこい」

先生が珍しいことを言うので、それほどに綺麗なのかと思って、外に出る。

すると、そこには真っ赤に燃える夕焼け空が広がっていて、思わず「うわあ」と感激の声を上げた。

美しくも、恐ろしい。だけどやっぱり、美しいと思ってしまう。

この世界を、知らない世界だと思うことは少なくなったが、このような景色を見ると、やはり異界だと意識する。

水たまりを踏み、薬園を進み、この丘の端に立ち、夕焼けに染まる千華街の景色を眺めた。

この国に初めて来た時も、ここから千華街を見下ろしたっけ。

あの時は、この国の異国情緒に圧倒されていて、海の向こう側にも世界が広がっているなんてことを、考える余裕はなかった。

だけど、この夕焼け空が続く向こう側には海があり、港には数多くの異国の貿易船が停《と》まっているのが見える。

世界は続き、海の向こう側にも、私と同じように異界人が何人かいて、この世界の歴史に関与しているのだ。

そして、かつて母が迷い込んだ異界とは、まさにこの海の向こう側にある国だった。

母は元の世界に帰ることを選んだが、私はここに留《とど》まる決意をした。

「私、何か、この国を変えることができるのかな……」

この世界に招かれた異界人は、少なからず、降り立った国に影響を与えるものだと聞いたことがある。

だけど、私にできたことといえば、ピアノを弾いたり、青い焔草《ほむらそう》を咲かせたくらいで、この国を一生懸命動かしているのは、一人の若い王と、二人の王弟。

「…………」

変わりゆくこの世界を憂う一方で、私は時々、あちらの世界に思いを馳せる。

あちらの世界は、今頃、どうなっているかしら。

私が夏見千歳として、二十歳まで生きてきた世界。

父や義理の弟は、今頃何をしているだろう。どんな人生を歩んでいるのだろう。

私は今、人生の岐路に立っています。

元の世界に戻る選択をした母と違い、私はこの世界で生きていくと決めたけれど、この世界にも様々な居場所と、様々な役割がある。

人生の選択肢は枝葉のように分かれていて、そのどれもに可能性を秘めている。

だけど、選ぶことができるのは、そのうちの一つだけ。

私は零先生の元に居続け、薬師としてこの国の民と向き合うのか、それとも……

「千歳」

そんな時、零先生に声をかけられ、千華街を背に振り返る。

夕焼けに照らされた、潤いの薬園に、ぼんやりと浮かぶ古い鳥居。

その下に零先生がひっそりと佇《たたず》んでいる。

「お前、これからどうするつもりだ」

零先生は、改めて私に問いかけた。

「この薬園で、俺の元で働き続ける必要はない。王宮勤めをしたければすればいいし、そもそもお前、トーリに求婚されたのだろう？」

「……いえ。求婚すると、予告されただけです」

「同じことだ。トーリはお前に惚れている。大切に思っているから、選択する時間を与えたにすぎない」

「………………」

ええ、わかっている。

この国の第三王子であり、今は王弟として国を動かす立場にいる、透李様。

私が、初めて恋をした人。

トーリさん、と以前まで気軽に呼んでいたその人は、かつて私に、一年後に求婚すると告げた。

彼の妻となることは、すなわち、王弟の妃《きさき》となること。

王宮に嫁入りしてしまえば、この薬園を出て行くことになるし、そもそも薬師として働く必要もない。

極端に言えば、先日受験した薬師の試験も、意味のないものとなる。

その代わり、愛した人を、側で支えることはできる。

だけど……

「私は、まだまだ、零先生の弟子でいたいですよ」

私はぽつりと、本音を零《こぼ》した。

先生の側は居心地がよく、今までもこれからも、私を癒し続けるだろう。

「そうも言っていられない。緋澄《ひずみ》だって巣立ったし、トーリとのこともあるだろう。俺にはわかっている。お前がもうすぐ、ここを出て行くということが」

「先生……」

私は強く首を振った。考える前に、首を振り続けた。

「そんなこと言わないでください！　私、ここが好きです。出て行きたくないのに、周囲はみんな、私が当たり前のように王宮に嫁入りすると思っている……っ」

だけど、先生は私を見つめているだけで、何も言ってくれない。

「先生くらい、引き止めてくださいよ」

ここにいろ、とは決して言わない。

「そうしたら、困るのはお前だ。それに、俺にとっては、トーリだって可愛《かわい》い我が子だ」

先生は決して、私を家から追い出したい訳ではないだろう。

「お前を引き止めたら、トーリが一人になる」

でも、先生からすれば、私も、トーリさんも、同じなのだ。同じ、我が子のようなもの。

だけど……だったら、先生は？

私がいなくなったら、先生はどうなるの？

先生が一人になってしまう。だから私は、迷っているのだ。

先生の研究を側で支えたり、水仙堂《すいせんどう》を営んだり、彼の仙薬《せんやく》を待つ人にそれを届けたり。

その仕事は多岐にわたり、先生一人では賄えない。

自惚《うぬぼ》れではなく、先生には、弟子が必要なのだ。

それに、私は先生に、得ることのできなかった親の愛情のようなものを感じている。

わかっている。私自身が、親離れできないでいるということ。

ここを出て行く日が来るということを、考えたくないのだ……

私が言葉に詰まっていると、先生は長いため息をついて、ランタンを掲げて家に戻ろうとする。

「おい、千歳。飯にするぞ」

台所の裏口あたりで、零先生が私を呼んだ。

立ち尽くしていた私は、慌ててそちらへと駆け寄る。

「美味《うま》そうな匂いだ。腹が減って仕方がない」

「先生……」

私を気遣ってか、先生はそのように言った。本当にお腹が空いていただけかもしれないけど。

私は小さく微笑《ほほえ》み、先生が開く扉の内側へと入る。

様々な道が枝分かれし、その分岐点で、どこへ進もうかと悩み続けている私だが、今ばかりはその憂鬱を忘れ、変わらぬ日々に感謝しようと思う。

まだ、時間はある。

やるべきことをやっていれば、自分の選ぶべき道は、自《おの》ずと光って見えるはずだ。

私はその道を、選んで歩めばよいのだ。

第二話 ◆ 紫陽花の君

今日は朝から雨が降っている。

本格的に梅雨《つゆ》入りしたようだ。

私は、庭に咲いた大輪の紫陽花《あじさい》の花を水仙堂《すいせんどう》の窓辺に飾り、いつものようにここで店番をしていた。

青と紫の花が美しい、手毬《てまり》のように丸っとした、大輪の紫陽花は、千国《せんこく》でも梅雨の象徴である。

この春と夏の間というか、季節の変わり目になると風邪薬と咳止《せきど》めがよく売れる。

ついでに、喉がイガイガする人が多くて、のど飴《あめ》もたくさん売れる。

ちょうど、薄荷《はっか》ののど飴の在庫を調べるために、カウンターの内側でもぞもぞしていたとき……

「こちらのお店は、開いておりますか？」

店先から、よく通る美しい声がして、私はカウンターの内側からひょっこりと顔を出した。

するとそこには、若く美しい出で立ちの女性と、従者らしき女性が一人。

どこかの女主人と、そのお付きという感じだが、いったい誰だろう。

女主人はすらりと細身で背が高く、タレ目の優しげな顔立ちが特徴的だ。

この水仙堂に飾った紫陽花と同じ刺繍《ししゅう》を施した、美しい絹の着物を纏《まと》っている。その身なりから、相当な身分のお方だろうとお見受けする。

「はい、営業しています」

私はにこやかに受け答え、カウンターの椅子を引き、案内をした。

「こちらにどうぞ」

「まあまあ。ありがとうございます」

そして、女主人と、後ろで控えているお付きにお茶を出す。驚いたことに、お付きの方が女主人に出したお茶を先に一口啜《すす》ってから、女主人の前に置く。

毒味というやつだろうか。女主人は嬉《うれ》しそうにして、優雅にお茶を啜る。

「この香り、桂花《けいか》茶ですね。とてもいい香り」

「はい。昨年咲いた金木犀《きんもくせい》の花を乾燥させたお茶で、水仙堂でも人気が高い仙茶です。金木犀の蜂蜜漬けも溶かし入れているので、甘い香りを楽しんでいただけたらと思います」

甘く濃厚な芳香が人気の金木犀。

お茶にして飲むのもこの国ではメジャーだ。

これはリラックス効果やストレス解消に効果的で、ノンカフェインであるため、誰でもいつでも安心して飲める。

見た目の可愛《かわい》らしさから、金木犀を漬けた蜂蜜は、うちの薬局でもよく売れる。咳止めとしても有効だ。

彼女がホッと一息ついたところで、この店にやってきたご用をうかがった。

「どのようなお薬をお求めでしょうか？」

「いいえ、お薬を買いに来たのではありません。人に会いに来たのです」

「零《れい》先生でしょうか？　薬園《やくえん》の方にいますので、今から呼んできましょう。少しこちらでお待ちください」

私が裏口から出て行こうとすると、その女性は慌てて私を引き止める。

「いいえ、違います。あなたに会いに来たのですよ、夏見千歳《なつみちとせ》さん」

「……え？　私に？」

振り返り、思わず自分を指差した。

女主人は一度立ち上がると、袖を合わせて頭を下げる。

シャラ……と、髪に刺した髪飾りの音が鳴る。

その髪飾りには、青いラピスラズリの宝石があしらわれていた。

「はじめまして。わたくしの名は、玉玲《ぎょくれい》と申します」

私は、女性が名乗ったその名前に、どこか聞き覚えがある気がした。

誰から聞いたんだっけ。確か前に、宮中の武人である花南《かなん》さんから、このカウンターでその名前を聞いた気が……。

「あああっ⁉」

思い出して、すぐに口を押さえる。

そうだ、そうだ……っ。

このお方、玉玲様は、千国国王である青火《せいか》様のお妃《きさき》様だ。

「ぶ、無礼をお許しください王妃様！」

私は慌てて膝をつき、その場で拱手《きょうしゅ》し、頭を下げた。

王妃様を一般のお客と思い込み、私はなんて馴《な》れ馴《な》れしい態度を取っていたことだろう。

「まあまあ。そうかしこまらないでくださいまし。あなたは将来、王弟である透李《とうり》様の妃になるお方ですもの。わたくしとそう立場は変わりません」

「い、いえ！　とんでもないですっ！」

というか、私とトーリさんの関係って、そんな公なものになっているのだろうか？

そもそもトーリさんに嫁入りする覚悟もできていない上に、王妃と、王弟の妃では、立場が違いすぎる。私はさっきから冷や汗がとめどない。

しかし玉玲妃は穏やかに微笑《ほほえ》み、

「わたくし、お忍びで来ているのですから、王妃も何もありません」

「え？　お忍び⁉」

私は顔を上げる。

お忍びということは、青火様には彼女がここへ来ていることは知らされていないということだろうか。

確か、青火様は王妃様にぞっこんと聞いたことがあるけれど……

「わたくし、あなたに少し相談ごとがあって来ました。少しお話を聞いていただけないかしら」

「相談ごとですか？　ええ、もちろん。もちろんです」

王妃様の存在に、いつもよりずっと慌ててしまっている。

お茶をもう一杯注ぎながら、私はチラリと、玉玲妃の表情を窺《うかが》った。

どこか体調でもよくないのだろうかと心配していたが、パッと見た感じではお元気そうで、ますますここへいらっしゃった真相がわからない。

玉玲妃は、しばらく興味深げに店内を見回していたが、新しいお茶を一口啜り、落ち着いたところで、

「実は、わたくし、千国の子どもたちのための塾を開いているのです」

そのような話から、語り始めた。

「塾、ですか？　勉強などを教えているということでしょうか」

「ええ。貧しい子どもたちや、あまり学問を教わることのない女子のための塾です。千歳さんもご存じでしょうが、この国の女性は、よりよい嫁ぎ先を得るために教養を身につけさせられることはあれど、それ以上の学問を学ぶ場所を得ることができません。中には優れた頭脳や、発想を持つ女性もいるというのに、それを活かす機会がないのです」

「……はい」

千国は女性が少ない。

他国から出稼ぎにやってくる男性がとにかく多く、花嫁を貰《もら》うことができる男性は限られている。

女性もまた、よりよい条件の男性に嫁ぐために自分を磨いているようなもので、教養を身につける以上の学問は必要ないとされているし、嫁入り先の店を手伝うことはあっても、自由に職業選択をするようなことは、ほとんどない。そもそも働くこと自体、よしとされていない。

ゆえに、この国の女性は蝶《ちょう》よ花よと育てられ、何より大切に扱われる。

千華街《せんかがい》を行き来する女性たちも、庶民であれそれなりに着飾り、身綺麗《みぎれい》にしているし、わがまま放題に振る舞う子も、少なくない。

ただ、そんな女性像が一般的とされる中、もっと学問に打ち込みたい女性や、具体的にやりたいこと、目指すもののある女性は、肩身の狭い思いをしているのだろう。

かつて、花南さんがそうだった。

ここ水仙堂のお隣の呉服屋の娘である花南さんは、千華街の町長の息子との縁談を蹴り、王宮の武人となる道を選んだ。

この国で女性が武人になる例はほとんどなく、せっかくいい縁談があるのにと母親と対立したが、今はお互いを認め合い、お互いの幸せを願っている。

また、花南さんが武人となったことで、女性が武人となる例が増えたという。

花南さんが自分の信念を曲げずに道を切り開き、この国の姫の護衛として成果をあげていることから、女性の武人が積極的に採用されることになったのだ。

私もまた、女性で薬師《くすし》の資格を取ろうとしている。

これまでも、国家薬師資格の試験を受験した女性は十人もおらず、その試験に合格できた女性は二人しかいないらしい。

女性で薬師になろうという者は少ない。なりたいと思っている人はもっと多いのではと思うけれど……

たまたま零先生の弟子になれた私とは違い、女性が薬学について学ぶような機会は、ほとんどないのだろう。

「わたくしは、千国を変えようという王の信念を、最も側《そば》で感じている人間の一人です。その中で常々思うのは、この国を変えたいと思うのならば、女性たちも変わらねばならぬ、ということ」

玉玲妃は、おっとりした見た目とは裏腹に、しっかりした自分の考えを強く述べ、私を見つめ続けていた。

「少なくとも、能力のある者や、学びたいと思っている女性たちには、その学び舎《や》と、活躍のきっかけを与えねばと思っているのです。千国の古い考え方のせいで、着飾るだけを自己表現と思っている女性たちが大半ですもの。それでは、この先西洋の国々と肩を並べる強国にはなり得ません」

彼女の言葉に聞き入り、私は深く頷《うなず》く。

「千歳さんのいた異界では、女性が男性と同じように学び、職を得ていたと聞いています」

「……ええ。そうですね。千国に比べたら、女性はずっと学ぶ機会がありましたし、大学に進んだ後は、誰もが就職を考えるような国でした。女性の社会進出が進み、一方で晩婚化や婚姻率の低下、少子化に悩んでいましたが……」

あの世界は、確かにこちらの世界より、女性の社会進出が進んでいた。

時代を反映した新たな問題が生まれ、それが尽きることなどないが、進んだ歴史が戻ることもない。

千国も、玉玲妃のようなお方がいるのなら、女性の社会進出が進んでいくことになるのだろうと、私は予感する。

「本題に入りましょう。わたくし、千歳さんにお願いがあってここへ赴きました。あなたに、わたくしの塾で、授業を受け持っていただきたいのです」

「授業、ですか？」

玉玲妃の突然の申し出に、私は最初、どういうことだかわからず目をパチクリとさせていたと思う。

そんな私に、彼女は柔らかく微笑みかけ、

「うちの塾生の中には、薬師を目指している子もいるのです。異界からやってきて、それでもここで一から学び、薬師になった方は貴重です。女性なら、特に」

「で、でも」

「とても簡単なことからでいいのです。ぜひ授業をして欲しい」

「しかし私は、まだ正式な薬師の資格は持っていません。零先生の弟子というだけですし。あ、それなら零先生に授業を……」

「いいえ。あなたでなければ、意味がないのです」

「…………」

「女性たちに力を与えることができるのは、実話です。そして確かにそこにいる女性のお手本です。生の声を聞き、女性たちは初めて、自分の可能性に気がつくのです」

確かに、彼女の理想を叶《かな》えるのであれば、女性たちを導くのは、女性でなければならないのかもしれない。

「あなたの存在は、言葉は、女性たちに大きな影響をもたらすでしょう。あなたの存在を知っていても、あなたがどうしてこの世界で、薬師になろうと思ったのかを知っている人はとても少ない。そして、その話や、実績を聞いて、女性たちは勇気を与えられるのです。自分にも何かできるのではないか、頑張れば報われるのではないか、成果を上げられるのではないか。……意見を言っても、意思を示しても、許されるのではないか」

この国の女性たちは、決して虐げられてきたわけではないが、考えることを放棄させられてきたようなものだ、と玉玲妃は言う。

「その。要するに、異界からここへ来た、私自身の話をして欲しい、ということですか？」

私は少し、戸惑いがちに尋ねた。

もしそういうことならば、私も、それなりに覚悟がいる。

前の世界でのことを語るのは、自分の中にあった孤独や傷のようなものを、今一度晒《さら》すことになるから。

そんな私の表情に気がついたのか、玉玲妃は眉根を寄せて微笑み、

「塾生たちと触れ合う中で、千歳さんのいいと思った時に、で構いません。お話しできることと、できないこと、したくないことも……おありかと思いますので」

そのように気遣ってくださった。

だけど、その先の言葉を、声音を低くして印象的に語る。

「例えばあなたが、のちに透李殿下の妃となるならば、民にとって、女性たちにとっての未来であらねばなりません」

ただの憧れに留《とど》まってはならない、と彼女は念を押して言う。

「妃でありながら、自分の能力を活かせる職を持つことが許される。働き、この国に貢献することが許される。この先、私はそういう国を目指したいと思っていますし、そのために動いています。新王青火も、私が進める女性たちの改革を見守ってくれています。逆に言うと、何かこの国に影響を与えられるほどの能力を兼ねていなければ、変わりゆく千国の妃は務まらないのです」

ごくり、と唾を飲み込んでしまうほど、彼女の主張からは強い意志を感じた。

こういう女性だからこそ、青火王子は彼女を唯一の王妃としたのだろう。

民に人気があるというのも頷ける。

彼女は決して、王妃という立場に甘んじることなく、この国の未来のために動いている。

本来ならば、王宮の中で、贅沢《ぜいたく》で何不自由ない生活を送ることができる女性であるだろうに。

私に、この方ほどの覚悟や意思があるだろうか。

千国の未来のために尽くし、民に影響を与える力があるだろうか……？

「私の開く塾は、〝紫陽花塾〟というのです」

「紫陽花塾、ですか？　なぜ紫陽花なのです？」

思わず尋ねてしまったが、

「わたくしの名代冠花《みょうだいかんか》が、紫陽花なのです」

と、玉玲妃がにこやかに教えてくれた。

そのことを存じ上げず、焦りがこみ上げ、恥ずかしくなる。

だけど彼女は一つも気にせず、カウンターの椅子から優雅に立ち上がった。

「こんな雨の日に、いきなり訪ねてしまい、申し訳ありませんでした。ここでお返事をいただこうとは思いません。少しだけ、考えておいて欲しいのです」

「……はい」

「わたくし、あなたの話は陛下に何度も聞いておりましたから、とても興味があったのです。そして、あなたとわたくしであれば、あるいは、と」

玉玲妃は、私と視線を合わせた。私も彼女に、目が釘付《くぎづ》けだ。

この一瞬がとても長く感じられたのは、私が緊張していたからか、それとも、玉玲様の存在感がそうさせるのか。その時――、

「ああっ」

玉玲妃が何かを思い出したような声を上げ、軽く飛び上がる。

「そろそろ帰らなければなりません！　幼き王子を乳母に預けてここへ来たのです。しかしそろそろぐずる頃合い。……あ、こちらののど飴を買って行きますね。ただお茶をいただいただけでは申し訳ないので。また使いの者を寄越します」

そして、ちょうど棚に並べていた金柑ののど飴を手に取り、女官がカウンターにお金を置いて、二人は慌ただしく水仙堂を出て行こうとする。

「あの、王妃様！」

私は一つ、彼女に尋ねてみたかった。

そこまで頑張る理由は、何なのか、と。

だって、本来ならば、生まれたばかりの王子と共にゆっくりとしていたい時期だろう。

王宮内では、女性がでしゃばるなと、風当たりだって強いはずだ。

だけどその問いかけをする前に、王妃様は水仙堂を出て行った。きっと、時間に追われるような生活をしているに違いない。

「話には聞いていたけれど、新しい王妃様は、凄《すご》いお方だわ。前の正王妃とは、まるで正反対……」

窓辺の紫陽花が、静かに私を見つめている。

紫陽花のある窓辺の外は、小雨がしとしと降っている。

あの王妃様は、今までの王妃様とは違って、自らが動いて、王の改革を後押ししようとしている。そしてそれは、決して王のためだけでなく、自分の理想も強くある。

私は彼女の、しなやかで押しの強い感じに始終圧倒されていたが、改めて、彼女の相談ごとを思い出し、大勢の前で自分の話をするということがどういうことなのかを考えた。

私の世界と、この世界は違う。

女性のあり方も現代日本とは程遠く、しかしながら、古い日本とも少し違っている。

私の話が、千国の若い女性たちにどう影響を与えるのだろうか、と。

「そもそも、私は、あの世界にずっといたならば、どうなっていたのだろう」

この世界に来たからこそ、切り開けた未来がある。

日本にいたならば、大学に通い、就職したからといっても、夢ややりがいのある仕事、自信は得られなかったのではないだろうか。

ゆえに、少しだけ、思ってしまった。

この国の目指す場所が、あの世界だったら、少し嫌だなあ、と。


それから約一週間後。

私は王宮の〝菫青宮《きんせいきゅう》〟に住まう王妃・玉玲様の元を訪ねることになった。

紫陽花塾で授業を受け持って欲しいという依頼を私にした玉玲様。あの後、すぐに使者を出し私を自分のお茶会に誘ってくださったのだ。

私は正直、今も王妃様の申し出に、いいお返事をさしあげる気がしていない。

というのも、私がそのような活動に積極的に参加することになると、零先生の負担が増えるからだ。

水仙堂の店番ができるのは私しかいない。

「だけど、そうね。いつか……私が王宮に嫁いだら、結局、零先生が全てをやることになるんだわ」

当の零先生は、少し渋い顔をしたが、別に反対などしなかった。

王妃様にお茶会に呼ばれたと言うと、皮肉っぽく「新しい王妃は味方が欲しいのだろう」と言ったが、その意味も少しは理解できる。

王妃様は民にこそ人気だが、王宮内ではあまり味方がいないようだ。

今までいた王妃とはかなり違うタイプで、女性の社会進出を推し進めたいという彼女の理想には、反発も付き物なのだとか。

それで玉玲妃は、後々王宮入りする可能性の高い私に、味方になって欲しいのだろう。

私が彼女の理想の実現にどこまで力添えできるかはわからない。

少しだけ、危ういとも思ってしまうから。

まずは、もっと王妃様自身のことを知るべきだろう。

なぜ、彼女がこの国で、そのような考えに至ったのか……

王宮へは今までも何度か来たことがあるが、玉玲妃が住まわれている〝菫青宮〟のある辺りまで来るのは、初めてだった。

小高い山の頂上にある王宮の敷地は、とにかく広大で、多くの役人や貴族が行き来している。

ここ最近、派閥争いなどはすっかり押さえ込まれたようではあるが、劇的に変わっている千国の法案や貿易のルールなどに対応するため、ここで働く者たちは忙しそうにしているのだった。

「あ、千歳ちゃん！」

そんな時、私はよく知る人に声をかけられた。

胸がドキッと高鳴ったのは、その人が、私の恋をしている相手だから。

「透李殿下」

私は、その恋心をあまり目立たせることなく、ゆっくりと振り返り、頭を下げる。

すると、すぐそこまで来ていたトーリさんが、宮廷人が着るような優美な長衣姿で顔をしかめた。

「まーたまた、王宮では、俺のことそう呼ぶようになったよね、千歳ちゃん」

「これは私のケジメですから」

あなたに恋をして、あなたの〝妃〟となる未来が示された時、私は自然とそう呼ぼうとケジメをつけた。王宮では特に。

いつまでも、私を助けてくれた庶民的な〝トーリさん〟に甘えてばかりはいられない。

王弟・透李として生きると決めた彼に助けられるばかりではなく、彼を助けられる存在にならなければならないのだから。

私たちももう、出会った頃の二人ではいられないのだと、お互いにわかっている。

「ところで殿下、王妃様からお呼ばれを受けたのですが〝菫青宮〟はどこでしょう」

「ああ、玉玲様のお住まいか。俺が案内するよ」

「い、いえ！　お忙しそうに王宮内を駆け回っていたではないですか」

私はトーリさんの申し出に、首を振る。

するとトーリさんは憂いを帯びた目をして、

「少しでも千歳ちゃんと一緒にいたいんだよ」

とか言う。確かに、最近私たちが会う機会など限られていて、お互いにお互いの事情で忙しくしていた。

切なげに私を見下ろす表情がまた麗しくて、見つめていられないので、私は頬を染めつつ視線を落とし、

「で、ではよろしくお願いします」

彼の申し出を受け入れたのだった。

トーリさんは私の手を引いて、王宮の裏道の、人目につかない場所を隠れながら進んでいく。余計に心臓がばくばくと高鳴る。

初めて出会った頃のことだが、彼のことが少し苦手だと思っていた時期がある。

こんな風に、恥じらいもなく私の手を取り、私の心を鷲摑《わしづか》みにしていくから。

あまりに明るく、魅力的で、彼を見ていると自分の存在が霞《かす》んで消えてしまいそうだと思っていた。拗《こじ》れに拗れたコンプレックスが浮き彫りにされてしまうから……。

だけど今は、そんなことなどない。

今の私は、彼と共にいることに、恋心が揺り動かされることはあれど、苦痛や気まずさは全くないのだ。

これは、私自身がそれなりに自信をつけた証拠でもあるんだろう。

ただ、やっぱり心臓に悪いと思ってしまう。

トーリさんの私に対する態度は、出会った頃とほとんど変わらない気がするのだ。

彼は私を好きだと言ったが、それは私と同じ恋、なんだろうか？

求婚を予告してきたのだから、そうなのだと思いたいが、その手の経験がなさすぎて、私には判断ができない。

私ばかりが、ドキドキしている気がして、ちょっとだけ癪《しゃく》だった。

「よくおいでくださいました、千歳さん。あら、外はそんなに暑かったでしょうか？」

私がとても赤い顔をしていたのか、玉玲様は菫青宮で私を出迎えた際、少し驚いていた。

「ま、まあ、そんなところです」

私が目を泳がせながら答えると、玉玲様は口元に手を当ててクスクス笑う。

「うふふ。なんてお可愛らしい。透李殿下とはまだ初々しい仲なのですね」

「あ……」

「今、ここの窓から、透李殿下が立ち去るのが見えましたから」

なるほど。どうやら王妃様には全てお見通しのようだ。

王妃様は、私をお宮の奥に案内する。

ここはとても多くの本に囲まれたお宮だ。まるで零先生の書斎のようだし、それ以上に様々な分野の本が並んでいて、まるで図書館のようだとも思う。

「ここにある本は、全部王妃様のものですか？」

「ええ、そうです。私は小さい頃から本の虫でした。将軍家に生まれたのに、読書や勉学が好きだったのです。あと、動き回ることも」

……動き回ること？

最後の一つが玉玲妃のイメージから遠いが、そもそもこの国の女性で、こんなに本を読んでいる人を、私は初めて見たかもしれない。

私はふと、自分の手元にある本のことを思い出した。

「異界の本にもご興味がおありですか？」

「ええもちろん。異界の本というのも、いつか読んでみたいですね。なかなか手に入らないものではありますが」

「それならば、いくつか手元に、私のもといた世界の本があります。読んでみませんか？」

私の手元には、『星の王子さま』と、『はてしない物語』などがある。

ちょうど、誰かに読んでもらいたくて、私がこの国の言葉で訳しているところだ。

きっと玉玲妃であれば、楽しんで読んでくださるだろう。

「よいのですか？　千歳さんの大切なものでは？」

「私もちょうど、趣味で翻訳していて、誰かに読んでもらいたいと思っていたところですから」

例えば、いつか私が歳をとって死んでしまっても、あの物語をこの国の人々でも読めるようにしておけば、貴重な、異界の資料になるかもしれない。

玉玲妃は、本に囲まれたこの空間の中心に置かれた円卓に私を案内し、良質な、桃の香りのする緑茶を出してくださった。

「あの、お土産というほどのものではないのですが……」

私はおずおずと、自分でこしらえた茶菓子を入れた籠《かご》を差し出す。

お茶会のお土産にと思ったのは、玉玲妃の名代冠花である紫陽花を模して作った寒天のお菓子だ。

青や紫色に染めた寒天を角切りにして、白花豆《しろはなまめ》でこしらえた白あんの周りに、それを貼《は》り付けたお菓子。

紫陽花の葉っぱっぽいものを探して、それをお皿にしてガラスのお皿に盛り付けると、涼しげで可愛らしく見た目も楽しめる。

「まあなんて美しい！　紫陽花ですね！」

玉玲妃は、その茶菓子を見てわっと笑顔になり、手をぽんと合わせる。ちゃんと、紫陽花に見えるようでよかった。

しばらく、そのお菓子をうっとりと眺めていたが、お皿にとりわけ、すぐに口にしてみて、目を大きく見開いて頬に手を当てている。

角切りにした寒天の食感を楽しんでくれたようだ。

そして、紫陽花を模したお菓子をすっかり食べてしまってから、お茶を啜り、長く息を吐く。

「ああ、美味《おい》しかった。甘さも控えめで、わたくしの好きな味でした」

私は頭を下げる。

内心、王妃様のお口に合ったようで、とてもホッとしているのだけれど。

「自分の象徴である紫陽花を模していただいたのは、とても嬉しいです。それに、羨ましいです……わたくしはあまり、お料理が得意ではないので」

「そうなのですか？」

「ふふ。手先が不器用なのですわ。こう見えて大雑把なのです」

玉玲妃は自らの手を見つめ、眉を寄せて微笑んだ。私は瞬《まばた》きを二度ほどして、

「意外です。なんでもできてしまいそうで」

「そんなことはありません。わたくしは、苦手なことが多くあったからこそ、疑問を持ったのです。女性に求められている技術と、それが苦手なわたくしについて」

「…………」

そして玉玲妃は、柔らかな口調で「少し、わたくしの話を聞いてくださる？」と私に語りかけた。

私は頷く。彼女が今に至る事情を、詳しく知りたかった。

「わたくしは、小さな頃から、本を読むことと勉強が好きでした。そして将軍家の性《さが》か、体

を動かすことも大好きで、それなりに武術の才能もあったのです。要するに、理屈っぽく我の強い、おてんば娘となりました」

玉玲妃は何を思い出しているのか、僅かに苦笑し、話を続けた。

「千華街中を駆け回るじゃじゃ馬娘。女性らしいことといいますか、お料理や、お裁縫、楽器の演奏などは全くの苦手で。習い事の時間になるとすぐに屋敷から飛び出して、とにかく見つからない場所へと、逃げていました」

今の穏やかで優しげな玉玲妃からは考えられないような、やんちゃな行動だ。

小さな頃から、なぜ自分の得意なことではなく、苦手なことばかりをさせられるのか、疑問だったと言う。

それが女性の役割というのならば、自分はなぜ、女性に生まれてしまったのか、と。

「私には、生まれた時から将来の結婚相手が決まっていました。そう、将軍家の娘として、国の王子に嫁ぐという大きな使命です。故に花嫁修業なるものも早々に始まっていたのですが、そういうものがとにかく嫌いで、逃げて、逃げて、逃げて……自分の運命すら受け入れられず、とにかく逃げてばかりいました」

そうして千華街を逃げ惑ううちに、辿《たど》り着いたのが、千華街の一番地にあるお廟《びょう》だったという。

「しかしそこで、私は思わぬ少年と出会いました。町民の格好をしていましたが、強い眼差《まなざ》しをしていた少年。そのお方こそが、のちの千国の王、そしてわたくしの夫になる、青火様でした」

玉玲妃は、最初その人のことを、一番地に住む男の子だと思っていたらしい。

自分とそう変わらない年頃の男の子。その子は、お廟で休む平民たちと気さくに話しながら、時々何か物思いに耽《ふけ》っていたという。

ボロを纏っていても、凛《りん》とした雰囲気や佇《たたず》まいには目を奪われ、幼い頃の玉玲妃はその少年に興味を持ち、話をするようになったという。

青火様は、最初から彼女のことを、自分の許嫁《いいなずけ》だと知っていたらしいが、それを告げることはなかったようだ。

玉玲妃はというと、相手がこの国の第一王子だとは知らずに、会う度に自分の夢や願望を語ったという。

「相手が青火王子だと知った時は、凄く驚かれたのではないですか？」

「それはもちろん！　わたくしは白目を剝《む》いてひっくり返ったのです」

玉玲様は両手を合わせて、嬉しそうにその時のことを語る。

この可憐《かれん》な王妃様が白目を剝いてひっくり返る姿を想像することなどできないが、もし私が玉玲妃と同じ立場であっても、そうなるかも。

というか、私も似たような状況を経験したことがある。

その時は、とにかく驚かされた。

トーリさんも平民の格好をして、王子であることを最初は隠していたもの。

「青火様は、わたくしが王宮に嫁いだ際に、わたくしに告げました。自分もまた、女が国を変える力など持っていないと思っている、男の一人だ、と。妃という立場に甘んじることなく、女でも、何かを変えることができるというところを、見せてみろ、と」

私も、かつて、青火王子には女性であることから、きついことを言われた。

玉玲妃も、そうだったのだ。

「ですが青火様は、現在の女性が置かれている立場の、確かな現実を突きつけたうえで、本来はそれを覆すこともできる女性の力を、求めていたのかもしれない。……わたくしはそう受けとめ、考えに考えました」

スッと、玉玲妃は顔を上げる。

そうして静かに視線を交わす、この国の王妃と、ただの薬師見習いである私。

「何を、考えたのですか？」

「このお方と結婚することの意味を」

「…………」

「そして、私に道を示したこの方を、愛し、支えることができるか、どうかを。もとより強く惹かれておりましたが、ただそれだけで、この国の王妃となることはできません。なので、王妃となることで、わたくしのやるべき天命とは何かを考えた」

そして、最初はできることから始めたという。

まずは男女分け隔てなく、貧しい子どもたちに学問を教え、その中でも、女性でありながら未知の世界へと足を踏み入れたいと考えている女子たちに声をかけ、紫陽花塾を作った、と。

「全ては、のちの千国のために」

さっきまでは、子どもの頃の出会いを、淡く柔らかな表情で語っていたのに、もう王妃の威厳が漂っている。

私は思わず、息を飲んだ。

身震いがしそうになったのは、彼女の強い覚悟を感じ取ったから。

言葉が何も出ず、ただただ呆気《あっけ》にとられていると、しとしとと降る外の雨音が強く響いて聞こえてくる。

「そういえば、あなたは青い焔草《ほむらそう》の花を咲かせることができる音を、異国の楽器で奏でられるそうですね」

　雨音の響く沈黙がしばらく続き、玉玲様がお茶を啜りつつ、話題を変えた。

　私はハッと顔を上げて、

「ピアノのことですか？　ええ、嗜《たしな》んでおります」

「羨ましいです。わたくし、先ほども言いましたが、楽器の演奏が苦手で」

　琴や笛など、名のある音楽家に指導してもらったらしいが、一つも身につかなかったらしい。どれほど頑張ってもできなかったので、才がないのでしょう、と玉玲妃は切ないため息をついた。

「青火様が、そこにこだわる王でなくてよかった、と。

「それで……実を言うと、その話を初めて聞いた時、わたくし、あなたにとても嫉妬したのですよ」

「えっ⁉」

　思わず、私は陶器の湯飲みを落としかける。

「だって、焔草は我が夫の名代冠花ですもの。それに、青という色も、陛下のお名前の色。陛下は異国に興味がおありでしたし、わたくし、陛下の寵愛をあなたに取られてしまうかもと思ってしまったのです」

「そ、そんな……滅相もないです。むしろ陛下は、初対面の私には、あまりよい印象がなかったようですから」

陛下が、青火王子だった頃に言われた数々の手厳しいお言葉を思い出しながら、私はしみじみと天井を仰いだ。

絶対に、絶対にありえない、と思って。

「ふふ。ですが今は、陛下もあなたを認めていますよ。あの人は素直ではないので、あなたに厳しいことばかりを言ったり、無理難題を命じたりするかもしれませんが。しかしそれは、あなたへの信頼と期待の表れでもあるのです」

そして彼女は、改めて私に、告げた。

「わたくしも、あなたには期待しております。あなたと共に、千国の未来を切り開きたいのです。女性の未来は、女性にしか切り開けない。国王ですら難しいことを、わたくしは成したいのです」

そして彼女は、私に手を差し出した。

「わたくしに、協力していただけませんか、千歳さん」

王妃様の熱意は、ひしひしと伝わってくる。

彼女の考えや、理想も理解できる。

だけど私は、もう少しだけ考えたかった。

彼女の手を取ることに戸惑いがあるのは、その先にあるものが、自分の世界と同じだったらどうしようという、怖さがあるからだ。

「私に、玉玲様がお創りになった……紫陽花塾を拝見させてください」

だから私は玉玲妃に明確な答えを出すことはなく、ただ袖を合わせ、頭を下げ、彼女の理想が芽吹く場所を、見てみたいと願った。

第三話 ◆ 蓮の娘

王宮の裏口から出て少し下ったところにある、五番地〝旧霧家《むけ》〟の屋敷。

そこは玉玲《ぎょくれい》妃の実家である将軍家・霧家が昔住んでいた屋敷のようだ。

赤煉瓦《れんが》が敷き詰められた敷地内。そして赤い瓦と、水色の柱が特徴的で、千華街《せんかがい》でもあまり見ない変わった邸宅だが、玉玲妃が嫁入りしたことで霧家の格が上がり、新たな屋敷を貰《もら》ったとかで、ここは空き家になったらしい。

老朽化が進んでいたところを一部修繕し、玉玲様が〝紫陽花塾《あじさい》〟の拠点として使っているという。

「ここが、紫陽花塾……」

この屋敷の奥の、蓮《はす》の花の咲く大きな池を挟んだ向こう側にある、紫陽花の咲き乱れた横長い別邸に、彼女の花を冠した塾はある。

「塾生は、貴族の女性ばかりですか？」

五番地は、貴族や役人の住む場所だ。

ゆえに、貴族の女性ばかりを受け入れているのかもと思ったが、彼女は「いいえ」と首を振る。

「千華街の、やる気のある女性は誰でも受け入れるつもりです。今はまだ人数も少なく、この場所にしか塾を開いていませんが、いつかは千華街の各番地に、塾を開き、多くの女性を受け入れたいと思っています」

多分、この場所以外に、自由に使える土地や屋敷がないのだろう。

王妃様の活動とはいえ、女性のための塾という存在に、周囲がどのような反応をするかもわからない。王妃様が訪れるとあって、安全な場所というと、限られている……

私は早速、玉玲妃に案内されながら、教室に入った。

「皆さん、ごきげんよう」

王妃様が入った途端に、この教室にいた娘たちが立ち上がり、袖を合わせて頭を下げた。

教室にいるのは、五人の女子。

貴族の娘が二人と、商家の娘が二人、そして残りの一人は、年少の娘。

貴族の娘はそれぞれキリッとした表情で、お互いに友人という感じはなく、遠い場所に座って静かに書物を読んでいる。

商家の娘はというと、お互いに知り合いのようで、隣に座って仲よさそうにしている。

そして最後の一人……

貧しさが服装からわかる一番年下の娘は、一人ポツンと、窓辺の奥の席に座って、窓から外を見ていた。大きな池しかないのに、何を見ているのだろう。

「千歳《ちとせ》さん、紹介します。こちらが、年長の桃佳《とうか》。そしてあちらが、鈴明《りんめい》」

貴族の娘、二人の名前だ。二人はかしこまった様子で、私にも袖を合わせて頭を下げる。

「秀蘭《しゅうらん》、彩香《さいか》……」

商家の娘、二人の名前だ。二人もまた、愛嬌《あいきょう》のある笑顔で、私に頭を下げた。

「そして、奥の席に座っている彼女は、蓮蓮《れんれん》。十二歳で、紫陽花塾の最年少です」

あの貧しい身なりの女の子の名前を教えていただいた。

私はその子がとても気になっていた。席の近くまで行くと、彼女は睨《にら》むように私を見上げた。とても強い、強い視線。

「あなたはどうして、この紫陽花塾へ？」

しばらく彼女は黙っていたが、

「ここに来れば、あたいの人生が変わるって、玉玲様に聞いたから」

蓮蓮という女の子は、素直に答える。

睨んで見えるが、特に敵意を持っている感じではなく、私に、何かこう、訴えるものを感じる目。

「あたい、薬師《くすし》になりたいんだ。あんたに薬のことを教わったら、薬師になれるのか？」

ぶっきらぼうな口調で、逆に、問いかけられた。

私が誰かにこの国の薬学を教えるなど、ありえない。

「私にはまだ、その資格がありません。ですからそれは……少し難しいかもしれません」

申し訳なく思いながらも、正しく伝えた。

蓮蓮はしかめっ面《つら》のまま、黙りこくってしまったが、

「まあなんて厚かましいの。一番地の住人のくせに、未来の王弟妃と言われている千歳様と、同じような薬師になりたいだなんて」

商家の娘・秀蘭が、口元に袖を当てて、臭いものでも見るような目をして、小声ながら蓮蓮の悪口を言っている。

すると今度は、

「偉そうなことを言うのではないわ。わたくしは庶民を馬鹿になどしていませんが、あえて言わせていただくと、あなただって、たかだか三番地の庶民ではなくて？」

今まで本を読んでいた貴族の娘・桃佳が、本を閉じながら秀蘭を注意した。

秀蘭はハッとして、グッと拳を握りしめ、悔しそうな恥ずかしそうな表情をしている。

なんとまあ、わかりやすい塾生たちだろう。

このたった五人の女の子たちが、千華街の縮図でもある。

貴族の娘は意外と質素にしていて他者を貶《おとし》めるような言葉は吐かない。儲《もう》かっている商家の娘の方がキラキラした格好をしていて、自分より貧しいものを馬鹿にしたり、自慢話をし

たりする。

いったい、どのような基準でこの五人が紫陽花塾に招かれたのかは定かではないが、もしかしたら玉玲様は、千華街に住まう女性たちの特徴を、そっくりそのまま受け継いだ娘を、ここへ連れてきたのかもしれない。

一番地に住んでいるという蓮蓮はというと、どちらの言葉にも揺らぐことなく、いまだ睨むように私を見ている。

彼女は私にしか興味がないのだ。

そして、多分、私もまた、この蓮蓮という娘にしか興味がない。

「まあ……あなた」

よくよく瞳を覗《のぞ》き込むと、驚くべきことに気がついた。

蓮蓮の瞳にも、私と同じように強い仙力《せんりょく》が宿っているのだ。

私の瞳が、それを見逃すことはない。

彼女自身は、それを自覚などしてはいないだろう。だけど、強い仙力を持っているということは、仙薬《せんやく》を扱う薬師になる力量を備えているということでもある。

きっと、この訴えかけるような眼差《まなざ》しに、玉玲妃も心を動かされたのだろう。

私は、先ほどの問いかけに答えられなかったが、

「薬師に身分は関係ありません。薬師に必要なのは、患者をしっかり見つめる心構えと、仙薬の正しい知識、そして仙力」

蓮蓮という少女に、その言葉を伝えた。

「私も、この国に来た時は、全てが無でした。薬のことなどまるで知らなかったのです。だけど、日々お師匠様の元で勉強し、修業をし、生活の中にある人と植物の繋がりを感じていたら、次第に技術が身につきました。心がまだまだ未熟で、薬師の試験を受けたばかりの見習いですが、いつかは私も、立派な薬師になりたいのです」

「………」

「ただ、私はとても目がいいのです。あなたには、素質があると思いますよ」

彼女は気がついただろうか。私と彼女にだけ伝わるであろう、視線の交わし合い。

しかし蓮蓮という少女は突然、気難しい顔をあどけなくさせて「あっ」と声を上げると、

「あたい、もう帰らなくちゃ！」

慌ただしく、この雨の中を飛び出して行こうとした。

玉玲妃は、慌てて彼女を呼び止め、

「お待ちなさい蓮蓮！　帰るのでしたら、傘をさしていきなさい」

「このくらいの雨、どってことないよ。それより玉玲様、庭の池の蓮、もう実がなってるの

があるけど要らないなら貰っていい？」

「え？　蓮？」

玉玲妃は顔をしかめたが、蓮蓮は答えを待たずにダダッと外に出て、小雨の降る中、屋敷の庭にある睡蓮の池に飛び込んだ。

「⁉」

一同、びっくり。思わずみんなして外に出る。

しかし彼女は、大きな蓮の葉を掻き分けながら、一番手前にあった蓮の実のついた花托《かたく》を、いくつか持っていた小刀で切る。

そして池からすぐに出てきて、私たちのいる屋根のある場所まで走ってくると、ブルブル体を震わせて水を弾いている。

濡《ぬ》れてしまうと、服がぴったりと体に張り付いて、蓮蓮の痩せた体を浮き彫りにする。

十二歳と言っていたっけ。歳の割に、体は小さいと思う……。

「なんということを！　風邪をひいてしまいます！」

「どってことないよ。どうせ雨でも濡れるし」

ああ言えば、こう言う。

けろっとした彼女の表情に、私はいつの間にか小さな笑みを浮かべていた。

玉玲妃が側《そば》にいた女官に、手ぬぐいを持ってくるよう命じている間に、私は彼女に自分の着ていた羽織を着せ掛けてあげた。

「？」

「夏も間近で気候的に寒くないとはいえ、このような時期こそ、風邪には要注意ですよ。あなたも薬師になりたいのであれば、それをしっかりと意識しなければなりません」

「………」

彼女は黙ったまま俯《うつむ》き、先ほど手に入れたものを大事そうに抱きしめた。

それは、ぎっしり蓮の実が詰まった蜂の巣のような花托。

見栄えは少々恐ろしく鳥肌が立つが、蓮の花が落ちた後につけた実は、蓮の贈り物だったりする。

「その蓮の実、食べられますね」

私がその蓮の実について話しかけると、蓮蓮はパッと顔を上げた。

「うん、そう！　生でも食べられるし、余ったら乾燥させて、少しずつ食べるんだ。栄養が豊富だし、売ったら高いし！」

特に悪びれる風もなく、売り払う算段まで語る、蓮蓮。

だけど、それは彼女の生きる意志でもある。私はますます、蓮蓮に興味を抱いた。

「薬効はご存じですか？」

「便秘解消にいいよ。あたいはあんまりならないけど」

「ふふ。そうですね」

この子の言う通り、蓮の実は栄養が豊富で、薬効も様々だ。便秘解消は、その中でも代表的な薬効。

この国でも、古来より食べられてきた生薬である。

生で食べても、豆や栗のようなほっこりした食感だが、あっさりした味わい。とても美味《おい》しいし、乾燥させて冬の間に食べることもある。

タンパク質やビタミンも豊富で、美容にもよいとされ、千華街では流行の甘味に利用されることもある。需要の多い蓮の実は、この時期から千国《せんこく》のあちこちで収穫され始める。

この子、なんとなくではあるが、薬の知識もありそうだった。

どこで何をしている子なのか、この子が今どのような状況にあるのか、凄《すご》く気になってしまい、私は思わず玉玲妃に申し出る。

「あの、玉玲様。私、蓮蓮を家まで送ります。このような雨ですし」

「え？」

「失礼いたします」

返事も待たずに傘をさし、屋根のある場所を飛び出したのは、蓮蓮が雨の弱まった頃合いを見て、またダダッと駆けて行ってしまったから。

王妃様相手に、私も蓮蓮もとんでもない無礼だが、彼女は背後から「お気をつけて！」と声をかけてくださった。


「待ってください、蓮蓮！」

坂を駆け下りるすばしっこい蓮蓮。彼女はなかなか止まってくれなかったが、私もそこそこ足が速い。見失うことなく、追いかけ続ける。

すると蓮蓮は私が追いかけていることに気がついて、足を止めてくれた。私もなんとか追いついて、持っている大きな傘に彼女を入れる。

「どうして、あたいを追いかけてるんだ？」

「あなたのことが知りたいからです」

「あたいに、薬学を教えてくれないって言ったくせに」

「そうは言っていません。私はまだ資格を持つ正式な薬師ではないので、私から習っても、立派な薬師にはなれないと言ったのです。それは難しい、と」

「…………」

目を細め、どこか不満げな蓮蓮。私はクスッと微笑《ほほえ》んで、

「ただ、私は立派な薬師になる道を知っています。その道を繋ぐことはできるかもしれませんから」

「え……？」

目を丸くしている蓮蓮。

私は、彼女の姿を今一度、よく見てみた。

青いどんぐりのような、大きな緑色の瞳。

女の子にしては短い、ざんばらな髪。

だけど、彼女の身なりには合わないような桃色の石の首飾りを下げている。

不思議な子だ。どこにでもいる貧しい子どもに見えるのに、キラキラ着飾った他の女の子たちよりずっと、目が惹きつけられてしまった。

「改めまして。私は千歳。あなたのことは、蓮蓮、とお呼びしてもいいですか？」

「え？　うん、別にいいけど」

笑うことはないが、少しだけ恥ずかしそうにして頷《うなず》いた蓮蓮。

「歳は十二で合っていますか？」

「うん。多分」

「ご家族は？」

「あたいだけだよ」

「ご両親は？」

「お父ちゃんは出稼ぎに出たまま帰ってこないし、お母ちゃんはこの国に着いてすぐ死んじゃった」

「移住されてきたのですか？」

「うん。そう。あたい、常風国《じょうふうこく》出身なんだ」

千国は移住者の多い国で、異国からやってきた人間は数知れない。

「お父ちゃんが、常風国の薬師だったんだよ」

「そうだったのですか」

「だけど、千国に出稼ぎに出てから、ずうっと帰ってこない。あたいとお母ちゃんは、お父ちゃんを捜してこの国に来たけれど、一向に見つからないんだ。手がかりもないし」

「……お名前は何というのですか？」

「義陽《ぎよう》」

知らない。薬師の知り合いはそれなりにいるが、聞いたことはない。

千国は薬学が盛んで、薬師もそれなりにいる。もしかしたら王宮の研究室にいたりするのかもしれないが……

今度、緋澄《ひずみ》さんにでも聞いて、調べてもらおうかな。

だけどあまり期待はできないかもしれない。千国も人を一人捜そうと思ったら広い。ここ千華街や王宮以外の、地方の町や村にいる可能性だってある。

そもそも、帰ってこないということは、何かの事故に巻き込まれたり、病気になったりで、この世にいない可能性だって……

私は、そんな不確かなことを蓮蓮に告げる必要はないと思い、改めて問いかけた。

「お母様は、どうしてお亡くなりに？」

「病気だよ。医者を呼ぶ金がないからって、お母ちゃん、病気をずっと隠してた。そして最後は、あたいが必死に看病したのに、死んじゃったんだ」

「そう……ですか」

蓮蓮はその時、父の残した薬の知識の書かれた手帳を読んで、必死にあれこれ試したらしい。それで、多少、薬の知識があるという。

苦労をしてきた子だ。それがよくわかる。

蓮蓮は、最初こそ淡々と自分のことを語っている感じだったけれど、ようやくポツポツと、胸の内を語り始めた。

「千国に来れば、お父ちゃんが見つかって、お母ちゃんもあたいも、みんな幸せになれるって思ってた。何かが変わるかもって。でも、何も変わらなかった。あたいは一人になっちゃったし、こんな子どもじゃまともな仕事も見つからない。金も底を尽きた。髪も売ったんだ。あとはもう……」

彼女はぐっと辛そうな表情になり、自分の首から下げている、桃色の石を握りしめた。

「それは？」

「お母ちゃんの形見だよ。貧乏だったけれど、これだけはお父ちゃんが一生懸命働いてお母ちゃんに贈ったいいものなんだって。だから、どんなに生活が苦しくても、これだけは売れない」

強く、そう言い切った蓮蓮。

だけど、不安そうに視線を落としたのは、きっと、それがとても難しいことを知っているからだ。

彼女は生きたいと願っている。こんな世界でも、こんな状況でも。

その意思が、私の瞳を通してひしひしと伝わってくる。

「もし、あたいが立派な薬師だったら……お母ちゃん、助けられたかな」

「……蓮蓮」

「薬師になって、有名になれば、お父ちゃんがあたいを見つけてくれるかな。どこかで会えるかな。だからあたい、薬師になりたいんだ」

母を助けられなかったという辛い現実に足を引っ張られることなく、父に会えるかもしれないという、未来の希望を必死に探して、それを目指している。

なんと強い子だろう。

このような子なら、きっと素晴らしい薬師になるだろう。

仙力だけでなく、その精神力に、素質を見る。

私は、この時にはもう、密かにあることを決意していたのだった。

一番地の、随分と奥まった場所までやってきた。

千華街の中でも、今まであまり来たことない場所だ。零《れい》先生にも、女性が一人で行く場所ではないと言われていた。

ここは一番地でも一層貧しい者たちが住まう、いわゆる、貧困街の地域。

どの家もボロボロで、小雨さえ防げているのかどうかわからない、穴の空いた屋根や壁が目立つ。どこからともなく、ねっとりとした異様な視線も感じる。

「あ、あたい、ここに住んでるから！」

そして、蓮蓮はとある家を指差した。ボロ屋だが、それなりにちゃんとした家で、内心ほっとする。外には水がめが並べられ、雨水を溜め込んでいるようだった。

「そうだ。千歳先生、次はいつ紫陽花塾に来るの？」

「千歳、先生？」

そう呼ばれて、思わず小首をかしげる。私が、先生？

「だって、紫陽花塾の先生なんでしょう？」

「いえ！　まだ紫陽花塾で授業をするかは決まっていないのです」

「そうなの？　あたい、あんたに色々教わりたいのに……残念だなあ」

そして彼女は、それなりにちゃんとした家だと思っていたボロ屋、ではなく、その横に付属している納屋のような場所に入っていく。

私は、あんぐりと口を開けた。

古く傾いていて、危ない。どこからか拾ってきたのか、ふぞろいな木の板で屋根などを修繕しているが、風が吹くたびに見てわかるほど揺れている。

「蓮蓮！　ちょっといいですか！」

「わっ、千歳先生⁉」

「蓮の実はどうやって食べるのですか？」

私は許可なく、その納屋の戸を開いて蓮蓮に尋ねた。

蓮蓮は雨漏りのしていない場所に座り込み、早速蓮の実を花托から取り出し、割れた皿に転がしていたが、どこか慌てた顔をして、早口で言う。

「そのままだよ！　皮をむいて食べるんだ」

「確かに、蓮の実は生で食べても美味しいですが、お粥《かゆ》にして食べるのも美味しいんですよ。私、作りましょうか？」

私は納屋に入り、屈《かが》んで蓮の実を摘《つま》み上げる。

せっかくなので、他の食べ方も教えてあげたい。

しかし蓮蓮はさっきから焦り気味で、

「いや、お粥にする米がここにはないよ。それより千歳先生、早く帰った方がいい。あたいも、仕事を探しに行かないと――」

彼女が何か言いかけた、その時だった。

「くおら蓮蓮！　貴様っ、帰ってきたのか！」

猛烈な怒声と共に、戸が勢いよく開かれる。雷が落ちたのかと思った。

現れたのは、体格の大きな、髭面《ひげづら》の男。片手に酒瓶を握りしめ、わかりやすく酔っ払っている。

「げっ！」

蓮蓮が顔色を変え、蓮の実を入れた皿を持って立ち上がった。

「蓮蓮！　お前、今日までに家賃を払えなければ、てめえの母親の形見を売るって言ったよなあ？　ほら、金はどこだ？」

男は無駄に大きな声を上げて、蓮蓮に向かってズカズカと歩み寄り、胸ぐらを摑《つか》んで小さな体を持ち上げる。

どうやら、このボロボロの納屋を貸している者のようだ。

蓮蓮は気まずそうな顔をして、皿に入れた蓮の実を髭男の目の前に差し出す。

「金はないんだ。すぐに働いて払うからさ、もうちょっと待っててよ。あ、そうだ。蓮の実があるよ！　これ売ると結構高いんだ。もしくは酒のつまみにいかが？」

「馬鹿野郎！　こんなもんで、てめえの借金が全部帳消しになるとでも思ってんのか⁉　この家から追い出してやってもいいんだぞ、このクソガキ！」

男は蓮の実が入った皿を、蓮蓮の手から叩《たた》き落とす。

皿の割れる音がして、蓮の実がゴロゴロと、私の足元まで転がってきた。

男はまだ、私には気がついていないらしい。

「移民のお前たちを哀れに思ってここに住まわせてやったが、肝心の家賃を払いやしねえ。子どもだからって待ってやったら、ズルズルズルズル、滞納しやがる！　大した額じゃねーのによう！」

男は鬱憤が溜まっていたのか、蓮蓮をガクガクと振りながら、顔を真っ赤にして怒鳴る。

「あたいにとっちゃ、大した額なんだよ！　そもそもあんたがどんどん家賃を上げるのが悪い！　こんなボロ小屋に払う家賃じゃないだろ！」

蓮蓮もまた言い分はあるようで、同じくらい大きな声で反論していた。

「うるせえ！　路頭に迷いてえのか！　さっさとその首飾りを俺に渡しやがれ！」

小さな蓮蓮など男の力ですぐに投げ飛ばされ、彼女は壁に体を打ち付けた。

「蓮蓮！」

私は蓮蓮の前に出て、両手を広げて彼女を庇《かば》う。

男は今やっと私に気がついたのか、かなり驚いた顔をしていた。

「あ、誰だてめーは⁉」

やはり無駄に大きな声で、私に怒鳴る。

「私は、三番地の水仙堂《すいせんどう》で働く、零師の弟子。名を千歳といいます。家賃の滞納分は私が肩代わりしますから、もう暴力を振るわないでください。そして、母親の形見だけは、どうかご勘弁を」

私は懐から、財布を取り出した。

滞納分の家賃を聞いたところ、実際にそれほど高くなく、ギリギリ手持ちのお金で足りそうだったので、それを支払う。

蓮蓮は「やめてよ、そんなのいいよ！」と横で喚《わめ》いていたけれど、私も頑固に、男にお金を押し付けた。

男は金が手に入ったことで、わかりやすく顔色を変える。

「まあ……金さえ払えばそれでいいんだよ。今回はこれで許してやる。だが、もうそいつをここに住まわせる訳にはいかねー。明日までに荷物をまとめて出ていきな。ま、まとめるだけの荷物があれば、だがな」

男はそう言って、大笑いしながら出て行った。

戸は開けっぱなしで、男の大笑いが聞こえなくなった途端に、静寂の中に響くしとしとという雨の音が、やたらと耳に付く。

そんな中、蓮蓮が拳を握りしめ、私を強く睨み上げて怒った。

「ちょっと待てあんた！　あたいは、あんたに借りを作りたいわけじゃないんだ！　あんたから薬学を学んで、高収入の薬師になりたいんだよ！」

蓮蓮は、そりゃあ怒るだろう。

情けをかけられたと思うだろう。現に、彼女は今にも泣きそうだ。

私はそんな彼女を、少し突き放すような、厳しい目で見つめる。

「ならば、どうぞ、働いて返してください」

そう。これは確かに借金だ。決して、与えたものではない。

かつて零先生もまた、このようにして、ある子どもたちを助けていた。

私は蓮蓮の肩に手を置いて、視線の位置を合わせる。

「これから、水仙堂で働いて、少しずつでいいですから、返してください。ちょうど仕事を探しているとおっしゃってましたよね？」

蓮蓮は、その大きな目元を見開いて、

「水仙堂……って、あの、零師の薬局だろう？　あたいが、そこで働く？」

疑問ばかりあるようで、戸惑いが表情に表れている。

「ええ、その通りです。最近、人手が足りずに困っていたのですよ。なので、あなたがうちで働いてくれるのなら、私は大助かりなのです」

そして、私は厳しい表情を、大きな笑みに変える。

「私は、あなたの未来を買ったのです。見つけた従業員を、決して逃しはしません。うちで、働いてください」

「…………」

「いえ、あなたはうちで、働かなくてはならないのです」

私は念押しした。蓮蓮は、相変わらず呆気《あっけ》にとられた表情をしている。

勝手にこんなことを決めてしまって、少し、ドキドキしている。

零先生は、きっと怒るでしょうね。

だけど零先生もまた、蓮蓮を見れば無視できないだろう。

彼女のやる気と、素質を、私以上に見抜くだろう。

「私が教えられることは、限られています。ですが、私の師匠は、とても立派な薬師です。きっとあなたは、私の妹弟子となるでしょう」

「……妹弟子？」

「ええ。同じ先生から学ぶ、姉と妹という意味です」

「…………」

今度は私が、零先生に貰ったもの、学んだことを、この子に託し、そして……

「とりあえず、荷物を持ってうちの薬園《やくえん》へ行きましょう。あ、でも零先生はとても厳しい方ですから、最初はキツいことを言われるかもしれません。そこは覚悟しておいてください。あと、取り扱いには要注意です」

「……取り扱い？」

今はまだ、この子は蓮の花の蕾《つぼみ》のようなもの。

どれほど大きな花を咲かせるか、いくつ実をつけるか、見当もつかない。

だからこそ、ワクワクしている。

さあ。覚悟を決めて、蓮蓮を連れて薬園の家に帰り着くと、零先生がランタンを掲げて外で待っていた。

私が連れている小さな女の子を見て、彼はわかりやすく顔をしかめている。

「で、なんだ千歳。そのボロ雑巾みたいな娘は」

「蓮蓮という名です。とても強い仙力を、私と同じように目に宿しているのです」

「それで？」

「薬師を目指しているのです」

「それで？」

「一番地の貧困街に住んでいたのですが、先ほど家を追い出され、住む場所がないのです。この家で、面倒を見てもいいでしょうか？」

「………」

零先生はしばらく無言だったが、私から目を逸《そ》らし、蓮蓮をじっと見つめる。

彼女もまた、私にしたように、怯《ひる》むことなく零先生を見上げていた。

睨んでいるとも見える、彼女特有の、見つめ方。これは多分、癖なんだろうな。

「ほお。ここへ来た頃の千歳と違い、ギラギラした野心と、生きようとする力を感じる」

零先生が、少し低い声音で、そのように述べる。

それは私自身も感じ取ったこと。蓮蓮には、並大抵ではない逞《たくま》しさがあり、生きるために稼ぎたいという理由もあるが、薬師になりたいと思っている。

「お前。何が目的で千歳に近づいたのだ？」

その問いかけに、蓮蓮は「薬師になりたいんだ！」と迷いなく告げた。

零先生は彼女の答え方に「ほお」と目を細めた。

「その手順は間違ってないだろう。逞しく、したたかだ。仙薬を作るのに必要な、仙力も申し分ない」

厳しめだが、蓮蓮の評価は、まずまずだ。

少なくとも、私がここへ来た時より、かなりいいと思う。

しかし零先生はギロリと私を睨み付けると、

「だが、千歳。俺はお前の迂闊《うかつ》な行動に、正直失望したし、苛立っている。わかっているな？　人間の娘を、猫の子のように拾ってくるなど」

「そ、それはーっ」

蓮蓮が詳しい事情を説明しようとしたが、私はそれを抑制して、続けた。

「そうですね。以前の私であれば、このような迂闊なことはできなかったでしょう」

私は、私を睨む先生に微笑みかけ、

「ですが、先生？　私は、あなたが私にしてくださったことを、忘れたわけではないのです。一つとして」

決して、その場の気分や、情に流されてこのようなことをしたのではないと、わかってもらいたい。

私の行動は、全て、あなたから学んだことなのだと。

「これが、私の見出した、先生に示すべき成長の証《あかし》と、未来なのです」

「…………」

先生は何も答えない。ただただ、しかめっ面《つら》のまま、黙って室内へと戻っていった。

あれは相当怒っているな……。

私が生意気なことを言ったからか、それとも、私の言わんとしていることがわかったからか。

だけど私も、引くわけにはいかない。

少しずつでいい。変わっていくことを、受け入れなければ。

私も、先生も、今まで通りでいられないことは、お互いによくわかっているのだから。

「あたい、零先生に、嫌われたのかな。追い出される？」

蓮蓮本人は、少しだけ不安そうにしている。

「いいえ、あなたへの評価は上々ですよ。人間嫌いの零先生が、あのように多くのことで褒めるのは珍しいのです」

「あれ、褒めてたの⁇」

「褒めていたのです」

だから、私は気を取り直し、早速蓮蓮を家にあげた。

「さあ、蓮蓮。まずはお湯を浴びて、虫食いだらけの服を着替えてください。その間に、私はあなたの部屋を用意し、夕食を用意します」

「蓮の実は？」

「もちろん、使いますよ。いいですか？」

蓮蓮はこくんと頷いた。

私は彼女を浴室に連れていった。そして、彼女のために着替えと部屋を用意する。

着替えは診察着の子ども用。

普段着も、まずは私のお下がりを着てもらうことになるだろうが、背丈も体格もかなり違うので、後で仕立て直さなければならない。水仙堂のお隣の呉服屋さんに、そのようなサービスがあったから、利用しようかな。蓮蓮のための新しい服も買ってあげたいが、あいにく私は財布の中がすっからかん。

部屋は、前に弟の優君《すぐる》が使っていた場所がいいだろう。

少しこぢんまりとしているが、ベッドがそのまま残されていて、生活するための道具が一通り揃《そろ》っている。

蓮蓮はというと、結構長い間、浴室にいた。

お風呂場の使い方がわからないのではないかと心配になって一度声をかけたが、そういうことではなく、体を洗ったりお湯に浸かるのが久々とのことで、色々と時間がかかっているようだった。

その間に、台所に戻って、食事の準備をした。

まずは、シンプルな蓮の実の炊き込みご飯。

そして、骨つき豚肉ときのこ類、ハトムギに、ヤマイモ、蓮の実を煮て作る〝四神湯《スーセンタン》〟という塩ベースの薬膳スープ。あっさりしているが、体が温まるし、栄養もある。

他にも、塩炒《い》りした蓮の実はほくほくしていて美味しいし、元々作っていた豆花《トウファ》に蓮の実や干し杏をのせて、デザートも用意してみる。

「ねえ、上がったけど、これでいいの？」

湯上がりの蓮蓮が、白い診察着を着て、いつの間にかここへ来ていた。

濡れた髪からポタポタと水が垂れていたので、私は新しい手ぬぐいでその頭をワシワシと拭いてあげる。

「蓮蓮、夕食はもうすぐできますよ。まず、あなたの部屋に案内しましょう。こちらへ来てください」

そして、蓮蓮を、用意した部屋に連れて行く。

蓮蓮は、清潔なベッドのある部屋を見て、目を丸く大きくさせていた。

「ここが、あなたの部屋です。あなたはこれからここに住み、水仙堂で働くのです」

「あたい、何をすればいいの？」

「まずは、水仙堂で薬を売ったり、注文を受けた薬を、千華街中のお客さんにお届けするお仕事です。その合間に、薬師となるための勉強をしましょう。私もそうでした」

「……いいの？」

蓮蓮は私の袖をキュッと摑んで、この部屋を見渡しながら、小さな声で問いかける。

「あたいなんかが、ここへ来ていいの？　どうしてあたいに、こんなことまで……」

「……蓮蓮」

彼女は少し泣きそうで、でもそれを必死に我慢するように、下唇を嚙《か》んでいる。

だけど、私が何か声をかける前に、自分でふるふると頭を振るって、気持ちを整えている。

そして、彼女は私に向き直り、

「あたい、頑張るよ！　あんたのために頑張る。あんたや、零先生の役に立って、認めてもらえるように頑張る。そして、いつか、あんたのような立派な薬師なりたいよ」

私はまだ、立派な薬師とは言い難い。

蓮蓮に至っては、これから〝見習い〟になるという立場だ。

夢の始まりと、夢の途中。だけど、

「……これから、よろしくお願いします。蓮蓮」

「うん。千歳先生」

私もまた、いつか、本当の意味で蓮蓮に追いかけてもらえるような、立派な女性の薬師になりたいと思う。そう、改めて誓うのだった。


蓮蓮を我が家に連れてきて、二週間後のこと。

私は菫青宮《きんせいきゅう》を訪れ、蓮蓮と出会わせてくれた王妃・玉玲様の元を訪れていた。

以前約束していた、異界の書物『星の王子さま』と、それを千国の言葉で読みやすく訳した紙の冊子を持ってきたのだった。

「ありがとうございます。読むのがとても楽しみです」

「読んだらぜひ、感想をお聞かせください」

そして、二人で和《なご》やかに微笑み合う。

「それにしても、安心しました。わたくしも、蓮蓮には新しい住居を用意しましょうと言ったのですが、あの子は頑《かたく》なに首を振り続けたのです。きっと、わたくしの言い方では、情けをかけているように感じたのでしょうね」

玉玲妃は小さなため息をついて、手元の湯飲みに視線を落とした。

「人に頼ることを、怖いと思っている子です。それでもあなたに助けられたことで、蓮蓮は逆にあなたを信用し、頼る勇気を出したのでしょう」

「お金を貸したのが効いたみたいです。強制力を発揮しますから」

私はしらっと言った。玉玲様は珍しく声を上げて笑う。

「おほほ、なるほど。確かにそうですね」

そして今度は、お互いにお菓子を一口。

お砂糖で固めた蓮の実を餡《あん》こに混ぜ、卵と小麦粉のふわふわした生地で巻いたロールケーキのようなお菓子。これは、私が蓮蓮と一緒に作ったものだ。

甘い餡こと、蓮の実のホクホク感がよく合う。まるで栗入り餡このような味わい。

「それで、零先生はなんと？」

「怒っていました。私が勝手に蓮蓮を拾ってきたことと、弟子と面倒が増えたことを」

「うふふ。そうでしょうねえ。ですが、あの方もなんだかんだと、人を見捨てられない性《さが》。最終的には折れてくださったのでは？」

「ええ。水仙堂には、そろそろもう一人従業員が必要でしたし、家も部屋が余っていますから。前に、私の弟がお世話になっていた時の部屋を、蓮蓮の部屋にしてみました」

そして私は、今も水仙堂で店番をしながら、必死に勉強をしている蓮蓮のことを思う。

「あの子はとても真面目で、根性もありますし頭もいい。薬師に向いています。少しせっかちなところがあり、零先生にもっと落ち着けと言われていますが、生きることに安堵《あんど》や穏やかなものを見いだせたら……あそこまで、生き急ぐこともなくなるでしょう」

常にあんなにせっかちだったのは、生きることに必死だったからだ。

ゆっくりしていては、生きられなかったからだ。

家族もおらず、一人で生きてきた子。私とは違う生い立ちで、孤独だった子。

私は彼女を、どうやって導けるだろう。

どのように、水仙堂を引き継げばいいだろう……

「もしや、彼女に、あのお店を託すおつもりですか？」

私の表情からか、玉玲様が穏やかな口調で、だけど鋭く、言い当てた。

私は伏し目がちに微笑み、「ええ」と頷く。

「私が王宮に、透李殿下のもとに嫁入りしたら、きっと零先生は水仙堂を閉めてしまうでしょう」

それだけは、彼の薬を待つ多くの千華街の住人のために、避けたい。

「それに……零先生が一人になってしまうのは、私も寂しいのです。彼には助手が必要なのです。いずれ師匠のもとを巣立つとしても、常に、誰か、弟子というものが」

あの方の知識や技術は、もっと多くの者が、受け継いでいかなければならない。

零先生だけでは助けられる人数に限界があり、それを最も憂いているのは、先生自身なのだから。

私は、蓮蓮に零先生の力を受け継ぐことのできる、可能性を見た……

「玉玲様、まずは私に、一人の少女を導く時間をください」

そして私は、王妃様に頭を下げる。今日はこの方に、それを告げに来たのだ。

「私は、大勢の女性の象徴として授業をするより、今は一人の女の子が逞しく生きていけるよう、見守ってあげたいのです。導いてあげたいのです。なので、紫陽花塾での授業を、お引き受けすることはできません」

「…………」

玉玲妃は、私の返事に一度目を閉じて、ゆっくりと頷く。

「わかりました。少し……振られてしまったようで寂しいですが。でも、なんとなくわかっていた気もします。雨の中、蓮蓮を追いかけた、あの時から」

王妃様の申し出を断るなど、本来はあり得ないことだ。とても無礼なことだ。

「本当に、申し訳ありません」

「いいえ、謝ることなどありません。わたくしたちは、それぞれ違う人間なのです。わたくしはわたくしのやり方で、あなたはあなたのやり方で」

彼女は私の願いを受け入れ、そのような言葉をくださった。

玉玲妃の目指すものを、否定するわけではない。

私たちの人生は長いから、私たちの目指すものが、交わる時があるかもしれない。

それに……。

「玉玲様がお疲れの時は、また、お菓子を持って参上します。いつでもご相談ください。私、すぐに駆けつけます。本の話もしたいですし」

「ありがとうございます、千歳さん。あなたとは長い仲に……なりそうな気がします」

そして、私たちはやっと、純粋な気持ちで微笑み合った。

新王の王妃である、玉玲様。

彼女も、私も、この国の王でさえ、この国の行き着く未来を知らない。

もし、文明の進んだ異界に近づいていくならば、願わくばこの国のいいところだけは損なわれることなく、誰もが幸せになれるような国であって欲しい。

そういう未来を、私は見たい。

第四話

◆

秋葵の君

千国《せんこく》の、長い長い夏。

日中は日照りが強いので、まだ日の出ていない早朝に起きて、作業着に着替え、薬園《やくえん》の小屋で飼っている豆狛《まめこま》たちに糯米を与えにいく。

「今日のお天気はどう？」

私は豆狛たちに定番の質問をする。

「あっついよ〜」

「あっついあっつい」

「だけど夕方はいつものごとく雨が降る〜」

豆狛たちは糯米に夢中になりながら、今日の天気を教えてくれる。

白くてもふもふで、その姿は愛嬌《あいきょう》のあるポメラニアンの子犬のよう。

そして、なぜか天気を当てることのできる不思議な生き物。

額の石が生薬の一つになるのだが、今日は一つも落ちていなかった。しかし愛らしい狛犬たちが元気にすくすく育っているので、それが嬉《うれ》しい。

もふもふの毛並みを撫《な》でまくり、癒されるのが日課。

「ねえねえ千歳《ちとせ》。千歳はこの家にいつまでいるの？」

「え？」

「いつかこの家出て行くの……？」

「出て行っちゃうの〜⁇」

　キューン、キューンと、一斉に目を潤ませて私を見上げる豆狛たち。

　私は思わずドキッとしてしまった。

「えっと。……どうして？」

「だってみんなで話してたんだ」

「千歳、王宮の薬師《くすし》になったら、零《れい》先生の元を巣立つんだって」

「みんなそうだったもん。トーリも、ヒズミも」

「………」

　豆狛たちは子犬のような見た目だが、随分と長生きで、感受性も豊かだ。

　透李《とうり》さんや緋澄《ひずみ》さんがこの家で暮らしていた頃のこともよく知っているし、下手《へた》したら彼らより年上。

　私が薬師の試験を受けたり、蓮蓮《れんれん》がうちに来たりと、最近状況が変わりつつあるので、私がトーリさんや緋澄さんのようにこの家を出て行くのではないかと、豆狛たちは心配しているようだ。

「でも、私がいなくなっても蓮蓮がいるでしょう？　あなたたち、あの子に懐《なつ》いてるじゃない。あの子があなたたちの面倒を見てくれるし、可愛《かわい》がってくれるわ」

この家を出て行くつもりはないわ、などという言葉は、言わなかった。

豆狛たちは「えー」と言いつつも、「あの子もいい子だよね！」と、もう楽しげにはしゃいでいる。

蓮蓮には私と交代で豆狛たちのお世話を任せているが、どうやら豆狛たちが可愛くて仕方がないようで、こっそりここへ来ては彼らと遊んであげているのを、私は知っている。

その蓮蓮は、今日は早朝から薬園の草むしりを任されている。

私も豆狛たちに餌《えさ》を与え終わり、そちらへと向かったのだった。

「あ、おはよう、千歳先生」

「おはよう蓮蓮。だから、先生じゃなくていいのに。あなたが先生と呼ぶのは零先生だけでいいのよ」

「でも、そっちの方が呼びやすいし」

大きな麦わら帽子をかぶって薬園の草むしりをしていた蓮蓮は、あっけらかんとそう言って、土のついた手で額の汗をぬぐっていた。

私はというと、畑のオクラを育てている一角に向かい、採れたてのオクラを朝食に使おうといくつか収穫する。

「あ……オクラの花だわ」

薄い黄色の大輪の花が咲いていた。

野菜の花の中でも一際美しいと言われているのが、このオクラの花だ。

野菜に咲く花を見ると、ここから美味《おい》しい野菜に育つのが楽しみで、私はとても嬉しくなる。

「さて、と。朝食の準備をしなくちゃね」

あまりのんびりしていると、すぐに暑くなってしまう。

他にもトマトやナスを収穫し、夏の野菜を抱えて裏口から台所に入り、私と零先生と、蓮蓮の分の朝食の準備を始める。

その間、蓮蓮は黙々と薬園の草むしりをしてくれている。今までは私と零先生だけでやっていた作業だが、彼女が来てからというもの、作業の分担ができてとてもありがたい。

さあ。

今日は採れたてオクラを入れた白和《しらあ》えでも作ろう。海苔《のり》を加えれば、香りのいい美味しい白和えができる。

また、港町から鉄道が通ったことで、この千華街《せんかがい》でも様々な海産物が手に入るようになった。貝汁や、もずく酢が先生の大好物なので、今日も用意してみる。

あとは定番の胡椒餅《こしょうもち》。パイ生地で、胡椒でスパイシーに味付けされた豚肉餡《あん》とたっぷりのネギが包み込まれたお饅頭《まんじゅう》。

出来上がった朝食を先生のいる部屋に運ぶ。

先生はいつも通り、研究室のソファかベッドかわからない場所で、死んだように転がっていた。

実のところ、最近、零先生が主治医をしている千国の第一王女・蝶姫《ちょうき》様の容体が思わしくない。

私は彼女のピアノの先生であったが、その持病の悪化で、ずっとお休みしている状態だ。

夏の暑さのせいもあるが、元々不治の病を抱えているお方。

零先生は、彼女の苦しみを取り除き、病を治す薬を長年研究しているのだが、仙薬《せんやく》といえども、治らぬ病はこの世にたくさんある。

先生はそういった病と、仙薬を武器に戦い続けている。

もう、ずっと、ずっと、ずっと……。

「先生、朝食、こちらに置いておきますね。起きたら食べてください」

返事なのかよくわからない、うなり声が。

私はそれを気にしつつ、先生の部屋を出て行った。

日常でよく使う傷薬や、胃薬、風邪薬、咳止め《せきど》薬、のど飴《あめ》などを背負子《しょいこ》に詰め込んで、竹林に囲まれた坂を下ったところにある水仙堂《すいせんどう》へと向かう。

「ああ。国家薬師試験の結果がもうすぐ出るわ……」

竹林を下りながら、長いため息をついていた。

その結果がどうなろうとも、今夏の私の仕事は、日々水仙堂で相談ごとを受けて、適切な薬を売ることだ。

最近、水仙堂に置く薬の中には私が作ったものも増えてきたけれど、まだまだ零先生に力が及ばないものもたくさんある。もっと仙薬を作る腕を上げたいし、蓮蓮に私が教えるべきことも、多くあるのだから。

さて。水仙堂に着いたら、開店の準備を始める。

今日は窓辺に小さなひまわりを一輪飾り、やってきたお客様には冷たい紫蘇《しそ》ジュースを用意している。

「あのう、すみませーん」

開店してすぐ、小麦色の肌をした少年がここ水仙堂を訪ねてきた。

「ここにこの国で一番の薬師がいらっしゃると聞いてきたのですが」

少し驚いたのは、その子の着物の刺繍《ししゅう》が、色とりどりで見事だったからだ。千華街の定番の格好ではなく、どこかこう、もっと南国情緒があるというか……民族的衣装というか。

「はい。ここは千国で一番の薬師である、零先生の薬局です。零先生は今、薬園の方でお休み中なのですが……」

「そうですか」

少年はあからさまにしょんぼりとする。

この少年は、いったい何の用で零先生を訪ねたのだろうか。

「いったいどのようなご用件でしょう？　急病の患者さんがいるような事情でしたら、私が今から呼びに行きますが」

もしかしたら生死を彷徨《さまよ》っている人がいるのかもしれないと思い、私は慌てた。

しかし少年は自分の顔の前で両手を振って、

「い、いいえ！　急ぎというより、もうずっと伏せっているお方がいるので、この国で一番の薬師であれば、どうにかしてくださるのではないかと思いまして」

「それは、どのような病で伏せっておられるのですか？　お役に立てる薬があるかもしれませんが」

　ところが少年は目を伏せて、困ったような顔をする。

「それが……わからないのです」

「わからない？」

「宮廷の医者や薬師は皆さじを投げてしまいました。僕はもう、あの方の笑顔を見ることはないのでしょうか」

　ここでポロポロと涙を零《こぼ》し始める。少年は本当に困り果てているようだ。

　ん？　だけどちょっと待って。

　宮廷ということは……？

「そのお方というのは、王宮におられるのですか？」

「ええ、もちろん。あのお方というのは千国第二王子である左京《さきょう》様に嫁いだ、メグナミ姫様」

「メグナミ姫様⁉」

「ええ。嫁いだ次の日から、部屋に引きこもって寝込んでおります」

　――そう。

　第二王子左京様が、地方の豪族の姫君を娶《めと》ったという話は、ここ二週間の千華街の話題だった。私も、水仙堂に来るお客さんたちがこの話をしているのを、時々聞いたもの。

千国を南下した場所に、ロハ諸島といういくつかの島がある。

千国の領土でありながら、地方豪族としての大きな権力を授けられた一族が治めている土地だ。

その一族のお姫様こそ、メグナミ姫様。

先住民族ばかりが住んでいるということで、文化や見た目も、千国の大部分の民とは少し違って見える。

私は最近王宮に出入りしていなかったこともあり、そのお姫様には会っていない。

嫁いだ次の日から寝込んでいるなんて、知らなかった。

前に、トーリさんの婚約者としてこの国にやってきた大エグレス帝国のジゼル王女も、この国の気候に当てられて体調を崩した。遠い異国から嫁いできて、緊張しっぱなしだったのも、体調不良の原因だった。

先日王宮に嫁いできたそのお姫様も、気候に馴染《なじ》まなかったり、食べ物が口に合わなかったり、精神的に参っていたりするのだろうか。

そもそも王宮に嫁ぐのが嫌だったり……？

その少年は華やかな刺繍が施された広い袖で涙を拭きながら、私に迫り、懇願した。

「お願いします！　メグナミ姫様を元気にしてあげてください！　このままでは姫様がおかわいそうでっ」

そして、その場にしゃがんでおいおい声を上げて泣き始める。

「王宮の医者もさじを投げてしまわれました。途方に暮れていたところ、ここ水仙堂に行けば、きっと姫様を治してくださると、宮廷薬師の緋澄様に聞いたのです！　メグナミ姫様の病は、ただの薬で治せるものではないから、と」

「緋澄さんに……？」

私は言葉にし難い妙な不安に駆られるが、あの緋澄さんがそう言うのなら、確かにただ薬を処方すればいい病ではないのかもしれない。

「その。あなたのお名前は？」

私は今になって、目の前で泣きじゃくる少年に名前を尋ねる。

「あ、申し遅れました。僕の名前はナル。メグナミ姫様と共にこの国にやってきた、姫様付きの小姓でございます」

ナルという少年はスッと立ち上がると、帽子を取り、深々と頭を下げた。

私もまた、今更ではあるが、

「零先生の弟子の、千歳と申します」

同じように名乗って、頭を下げる。

そして、どこか落ち着きのないナル君をカウンターの席に座らせて、詳しく事情を聞くことにしたのだった。

「冷たいものをお出ししますね」

もともと、お客様用に用意していた紫蘇ジュースを、グラス一杯出す。

彼は喉が渇いていたのだろう。それをぐっと飲み干して、飲み干した後から少し不思議そうな顔をして、グラスの底に残った赤紫色の液体を覗《のぞ》いていた。

あまり飲んだことがないのかもしれない。

私は早速、気になっていることを尋ねてみる。

「この辺の気候はいかがですか？　住んでいた地域と、どう違いますか？」

「ロハ諸島は、ここより一層暑い地域です。この辺なんてロハ諸島の暑さに比べたらどうってことないですよ」

「そうなんですね」

熱中症になっていたり、暑さのせいで倦怠感があるという訳ではなさそうだ。

「では、食事はいかがですか？」

私はメモを取りながら、別の質問をする。

「噂《うわさ》に聞いていた通り、千国本土のお食事は美味しいです。あ、僕の感想ですけれど。ロハ諸島は魚などの魚介類は新鮮なものが食べられますが、千華街のように賑わっている地域ではありません。とてものどかな場所で、昔ながらのお料理が食べられているのです」

「なるほど。……メグナミ姫様は寝込んでおられるそうですが、食事はあまり取られていませんか？」

ナル君は心配そうに視線を落としながら、

「そうですね。食事量は通常より少ないです。ため息ばかりついて、食べやすそうなものだけを食べています。お粥《かゆ》とか。でも、好き嫌いのない方ですし、お料理が口に合わないという感じではないと思います」

「そうですか……」

だったら、原因は何なのだろう。

話を聞いただけでは、よくわからない。ジゼル王女の事例とは、異なりそうだ。

「やはり、王宮への嫁入りが嫌だったのでしょうか？」

心の問題かもしれないと思い、根本的な部分に触れる。

知らない土地に来ただけで、ストレスを感じて病んでしまう人もいるし、そもそも王宮への嫁入りが嫌で仕方がなかったという場合もある。

だけど、ナル君はふるふると首を振った。

「いいえ！　メグナミ姫様は引っ込み思案で恥ずかしがり屋ではありますが、千国の王宮に嫁入りすることを、それはそれは楽しみにしておられたのですよ。きっと、千華街の賑わいや王宮の煌《きら》びやかな生活に憧れていたのでしょう。いつも、島の生活は退屈だとおっしゃっていましたから」

「そうですか……ならばやはり、直接本人にお聞きしてみるしかないですね」

というわけで、私は明日にでも王宮に向かい、メグナミ姫様の容体を診るお約束をした。

今日のところは水仙堂を閉めて薬園に戻り、この変わったお客様の話を零先生にしてみて、助言を仰ぎたいと思っていた。


ちょうど、薬園の出入り口辺りを歩いていた時だ。

「あ、千歳先生。もう水仙堂閉めちゃったの？」

入れ替わる形で、薬を千華街の常連さんの元へと届けるお使いをしている、蓮蓮と出くわした。

「蓮蓮。お使いの帰りでいいので、夕飯の買い物を頼めますか？　豚肉を塊でこのくらい。

そして糯米《もちごめ》をこのくらい」

「はーい！」

蓮蓮は相変わらずせっかちで、話を聞き終わる前に走り出し、竹林の坂道を駆け下りていった。

「気をつけてくださいね！」

という私の言葉も、聞いているのかいないのか……

元気なのはいいことだが、せっかちなところは薬師としての欠点になりかねないので、もう少し落ち着いてもらわなければ。

なんてことを考えながら、私は薬園の家に帰り着く。

零先生はこの暑い日中から薬園に出て、踏み台に立ち、木の枝に吊り下げたランタンの焔《ほむら》草《そう》を取り替えていた。

この国のランタンは、中に光を放つ焔草を入れて、ぼんやりとした明かりを灯す。

「零先生、今よろしいですか？」

「なんだ、試験の結果でも出たか？」

零先生は踏み台の上から私を見下ろす。

「いえ。もうそろそろのはずですが、まだです」

確かにそのことも気になるが、今は、先ほど水仙堂にやってきた、事情のあるお客様について。

零先生にメグナミ姫の件について話してみたところ、

「はっ。また嫁いできた姫の問題か。王子たちは何をしているんだ、情けない！」

先生は呆《あき》れ口調だ。

確かに、嫁いできたお姫様たちのケアは、本来その夫となる王子たちの役割かもしれないが……

「遠い土地から嫁いでこられるわけですから、文化や価値観も違い、お互いにどう接すればいいのかもわからないのでしょう。左京殿下は爽やかで優しげな方ですから、嫌われた訳ではないと思うのですが」

しかし零先生の意見は手厳しく、

「どうだか。ロハ諸島に住む者たちの美醜の価値観は変わっているというし、あの地の女たちにとって男の価値は力仕事のできる逞《たくま》しさであろう。あの手の細身の優男《やさおとこ》はウケが悪いのかもしれない」

「そ、そういう場合もありますか」

私もロハ諸島の暮らしや価値観についてよく知らないので、もうちょっと詳しく調べる必要がありそうだ。

「ありがとうございます、先生。私、もう少し調べて、明日王宮の方にうかがってみようと思います」

「また面倒ごとを引き受けるのか。お前は便利屋じゃなく、薬師なんだぞ」

「わかっています。ですが、仙薬が役立つ場面があるかもしれません。心の問題なのか、病気なのか、それを知り、適切な対処をするのも薬師の役目だと思いますので」

私がそんな生意気なことを言うと、先生は片方の眉毛を上げて、なんとも言えない顔をした。

私がまたこの手の問題に振り回されることを、よくは思っていないのだろう。前に、色々とあったから。

とはいえ、あれから私も、少しは自分の心をコントロールできるようになったし、逞しくなったと思いたい。

メグナミ姫様が左京様のお妃《きさき》様ということで、プレッシャーを感じておられるのであれば、かつての経験を生かして、力になれたらと思う。

「あ、あった」

書斎にて、千国を構成する五つの地域について記した本を手にする。

五大豪族が治めるこの国の中心。

それが千華街と呼ばれる都とその頂点に立つ王宮王族〝千一族〟である。

地方には他に四つの大豪族がいて、その一つがロハ諸島を治める〝リィ一族〟である。

ロハ諸島は人の住まう三つの大島と、複数の無人の小島からなり、リィ一族の城があるのは、その中で最も大きなロハ島。

主な産業はサトウキビとココナツ、芒果《マンゴー》などの果実の栽培である。千華街でも、ここから届く果実をよく見かける。

あと、石炭を採掘できる島をいくつか持っていて、石炭は鉄道ができたことで、千国でもかなり重要な資源になった。

なるほど。左京様がロハ諸島の姫君を政略結婚で娶った理由は、この辺の事情にありそうだ。他には……

「あ、ハイビスカスかしら？　いえ、葵《あおい》？」

ロハ諸島に生息する植物の欄に、芙蓉《ふよう》や葵の花に似た絵が描かれていた。

やはり南国らしい花が、ロハ諸島でもよく咲くのね。

特に〝ハウの花〟という植物が、ロハ諸島では神聖なものとして大切に扱われているらしいが、それがどんな花なのかは、詳しく書かれていなかった。

　翌日、王宮に向かい左京様とお会いし、お話をうかがうことになっていた。

　左京様とは、千国の国王・青火《せいか》様の腹違いの弟で、この国の第二王子。そして、前正王妃様の一人息子である。

　一時期は、彼こそを王にという正王妃派が勢力を増していたほどだが、左京様ご本人が正王妃側を裏切り、青火様が王となる助けを密かにしていたので、その勢力は様々な思惑が裏目に出て、徐々に力を失うことになる。要するに、左京様は、青火王子が新王となった陰の立役者とも言える。

　そんな左京様は現在、この国の宰相をしている。

　新しくなった千国を纏《まと》めるべく、日々忙しくしているが、中性的で爽やかな風貌で、振る舞いにも落ち着きがあり、表情もいつもにこやかでとても感じのいいお方だ。

　しかし、嫁いできた花嫁についてはお手上げのようで。

　私が王宮内の茶室で待っていた際、そこへやってきた左京様は、長いため息をついたのだった。

「それがですね、聞いてください千歳さん」

「は、はあ」

左京王子は私の向かい側で、深刻な表情でそう切り出した。

「メグナミ姫がここ王宮に嫁いできて、私と姫はすぐに顔合わせの場を設けたのではありますが、姫はとても緊張しておられた。それに、私と会って何度か言葉を交わされてすぐ、青ざめて泣き出してしまわれたのです。そして部屋に引きこもってしまわれました」

「……そ、それは」

原因が全くわからない。一体なぜ、彼女は泣いてしまったのだろう。

「それからどんなに呼びかけても出てきてくれなくて。私は何が悪かったのでしょう？　きっと姫のお気に召さなかったのでしょうね。ロハ王国の男たちはとても逞しいですから、私なんて……」

「…………」

こんな風に自信を消失している左京様は初めて見た。

私は少しだけお茶を啜《すす》り、いくつか質問をしてみる。

「左京様。メグナミ姫様とのお顔合わせの時は、何か会話をされたのですよね？」

「ええ。少しだけ。挨拶程度のことしかできませんでしたが」

「どのようなことをお話しに？」

「お召し物の刺繡があまりに見事だったので、秋葵《あきあおい》の花がお似合いですね、と言ったのです。ですが、その直後、彼女は部屋に引きこもってしまいました。もしかしたら、お召し物について言及するのは、失礼に当たったのかもしれません」

とてもとても、不安そうな左京様。

千国の、特に千華街では、お召し物の模様や、髪飾りなどの花に準《なぞら》えて女性を褒めるのは、よくあることだった。

しかしロハ諸島では、その常識は通用しないのかもしれない。

文化の違いによるすれ違いなど、よくあることだ。

左京様はまたため息。このお方がこんな風になってしまうなんて、メグナミ姫様はある意味で、大物だなあと思ったり。

「……島の風習は、千国の常識とはかなり違うと言いますからね。わかりました。私、今からメグナミ姫様に話をうかがってきます」

私がそう言って立ち上がると、左京様もまた、

「よろしくお願いします、千歳さん。この結婚には、千国の未来がかかっているのです」

そこまで言って、何か思い直したように首を振って、言葉を言いなおす。

「いえ。私は、できることならば、自分の妻となる女性のことを、幸せにしたいのです。自分の母のような寂しい思いは……させたくない」

「寂しい、ですか？」

「ええ。異国や、遠くの地から嫁いできた妃……特に、政治的に大きな意味を持って嫁いできた妃は、本来とても、孤独です。故郷と嫁ぎ先で、板挟みになることもありますから」

「……………」

左京様の母上は、正王妃。異国から嫁いできた女性だった。

もしかしたら左京様は、そんな母の姿を重ねているのかもしれない。

「ええ。わかりました。私におまかせください、左京様」

左京様は、念入りに「よろしくお願いします」と私に頼み、頭を下げた。

偉いお方なのに、腰が低い。ここまでお願いされると、なんとしても二人の仲をとりなさねばという気持ちになる。

さあ、例のお姫様は、どのようなお方だろう。

メグナミ姫様がいらっしゃるのは〝琥珀宮《こはくきゅう》〟と呼ばれるお宮だ。

お宮の前で待っていたナル君に案内されながら、中へと入り、メグナミ姫様の寝室に向かう。

「メグナミ姫様。失礼します」

部屋の前で一度声をかけ、メグナミ姫様の寝所に入ると、

「は、入らないで！」

早速、甲高《かんだか》い声が響き渡り、私は拒否され、メグナミ姫様は枕《まくら》のようなものを投げ飛ばされる。

あ、危ない。なんて凶暴なお姫様だ……

「あ、あたくし、あたくし、ロハに帰る！　もうここにはいられないわ！」

小麦色の肌と、長くうねりのある焦げ茶色の髪が、寝台の天蓋《てんがい》から垂れ下がったヴェールの隙間からちらりと見える。顔はまだよく見えない。

ヴェールを持ち上げ、寝台に近づくと、大きな黄色の花の刺繍が施された絹の着物を着た少女が、寝転がってしくしく泣いている。

「どうされたのですか？　故郷が恋しいのですか？」

「………」

できるだけ優しい声で問いかけると、彼女は体をびくりと震わせた。

やがてゆっくり起き上がり、私を見る。

涙で潤んだ、くりっとした大きな目が特徴的で、その色は満月のような薄い黄色。

丸みのある小顔で、目鼻のはっきりした可愛らしい顔をしている。

まだ十五、六歳ほどだろうか。とんでもない美少女だ。

思わず見とれてしまったが、「千歳さん、千歳さん」と隣のナル君に名を呼ばれ、私はハッとした。彼女を診察しに来たのだと、本来の目的を思い出す。

メグナミ姫様は眉を寄せ、寝台の端っこで体を縮こめて、小動物のようにこちらにビリビリとした警戒心を向けながらも、私の様子を窺《うかが》っている。

「あ、あなた、誰？」

「私は千歳といいます。異界人で、薬師見習いです」

「薬師見習い？　異界人⁇」

少しだけ、私への警戒心が強まったと同時に、なんとなく興味があるような目の色をしている。

私はそれを見逃さず、ニコリと笑いかけて、いつものごとくお茶に誘ってみた。

「私、美味しいお茶とお菓子を持ってきたのです。少し、私とお話ししませんか？」

私は彼女に、手をさしのべる。

メグナミ姫は、最初こそ戸惑い、寝台を唯一安全な場所とでもいうように、頑《かたく》なにそこから降りようとしなかった。

しかし私が手を引っ込めないので、その手のひらをチョンチョンと触って、危険がないとわかってから、そっとこの手を取る。

うーん、この、守ってあげたい感じ……

私はメグナミ姫を、琥珀宮から連れ出そうと思っていた。

王宮入りしてから、ずっと暗い部屋に籠もっていたようなので、日光を浴びたり、綺麗《きれい》な花を見たりして、体を動かすことがまず大事だと思ったのだ。

「嫌よ、外なんて嫌！」

最初はこのように喚《わめ》いたが、頭に半透明の薄い水麻《みずあさ》の布をかぶせてあげると、ちょっと落ち着いた。

顔を見られるのが嫌なのだろうか？　それとも明るい日差しを浴びたり、日焼けするのが嫌なんだろうか。

そんな彼女の手をなんとか引いて、王宮内にある薬園楼閣《ろうかく》へと連れて行く。

そこには数々の、特殊な栽培を必要とする植物が植えられているが、この国の新しい象徴となりつつある、青い焔草もまた、ここで栽培されている。

薬園楼閣〝焰の園〟の中には、ちらほら薬師や庭師がいて、大事な青い焰草の世話をしていた。

「わ……これが、青い焰草の花？　話に、聞いたことがあるの」

私に手を引かれておどおどしていたメグナミ姫様も、珍しい青焰の景色に驚いている。

かぶっていた布から顔を出し、目を見開いて、この幻想的で美しい光の空間に浸っていた。

この植物は、気温調整も必要ながら、特殊な花の咲かせ方をする。

私は、薬師や庭師たちに軽く頭を下げつつ、園の中心部に入って行く。

そこには、段差のある円形のステージがあり、大きな異界のグランドピアノが置かれているのだった。

メグナミ姫は、この変わった形の、黒く巨大な何かに、ギョッとしている。

「こ、これは、何？」

「これはピアノという楽器です。焰草は音楽に反応して花を咲かせるので、蝶姫様が西国の商人から買い取ったものなのです」

「音楽に反応して、花を咲かせる……？」

そこのところが、どうにも解せないという面持ちの、メグナミ姫。

「ふふ。見ていてください」

私はピアノの椅子に座り、鍵盤の蓋を開いた。

そして鍵盤に指を置いて、音を、鳴らす。

よく響く音に、メグナミ姫様はびくりと肩を震わせた。

ポーン……ポーン……

音を響かせながら、私は一度鍵盤から手を離し、目を瞑《つむ》って、心を落ち着かせた。

そして――

「⁉」

ショパン――。ワルツ第1番変ホ長調作品18「華麗なる大円舞曲」。

私の弾くピアノの音色が、柔らかな旋律が、薬園の焔草を目覚めさせた。

これは彼らのお気に入りの曲。花々は青い光を放ち、喜び、踊る。

一気に変わった空間に、メグナミ姫様は「なんて美しいの！」と感嘆の声を上げて、今までの落ち込みようが嘘《うそ》のように、興奮した様子ではしゃいでいた。

やはりまだ、少女らしさの残るお姫様。

私はピアノを弾きながら、青い焔草に、彼女の周りで、彼女を励ますようにお願いしてみた。

すると青い焔草は、メグナミ姫様の周りをくるくる舞って、彼女を歓迎し、励ます。

大丈夫?

元気を出して。

何か心配なことがあるのなら、千歳に相談してごらん……

そんな言葉が、メグナミ姫様にも届いたのだろうか。

青い焔草のダンスが落ち着き、私がピアノを弾き終わった頃にはもう、かぶっていた布をはいで、彼女は自分の顔を晒《さら》し、私を見つめている。

「あなたは、何者なの?」

「さっきも言いましたが、私は、異界人です。そして——」

鍵盤の蓋を閉じて、ピアノのある段差から降り、袖を合わせて、メグナミ姫様の前で頭を下げた。

「この国で一番の薬師である、零師の弟子でございます」

メグナミ姫はしばらく黙っていた。私は顔を上げて、そんな彼女の手を取る。

「あなたの体調が優れぬようだと、ナル君が薬局に駆け込んできたのですよ。ですから、どうか、原因がわかっているのでしたら、私に話してみてください」

「………」

メグナミ姫様は、小さくコクンと頷《うなず》いた。

少しだけ不安そうで、目元にじわじわと涙が溜まっている。

このままではいけないということを、彼女はきっと、わかっているのだ。


焰の園の最上階に、蝶姫様専用の茶室がある。

そこを今日に限って、貸していただいた。

あらかじめセッティングしていたお茶会用のテーブルにつき、私はメグナミ姫様に飲み物とお菓子を用意する。

ナル君から、メグナミ姫はお茶より冷たい果実のジュースの方がお好きだと聞いていたので、薬園で採れた甘夏を搾ったフレッシュなジュースを、グラスに注いだ。

お菓子は、黒糖を使った一口サイズの小さくて丸い揚げドーナツや、鳳梨《パイナップル》や、花切りにした芒果《マンゴー》など、季節のフルーツなど。

ロハ諸島では果実がよく食べられ、黒糖を使った焼き菓子なども多いらしく、お口に合いそうなものを作ってみた。

この黒糖の香りに誘われてか、メグナミ姫は丸い揚げドーナツを一口で食べて、目をパチクリとさせている。

「あ。アナギーに似てる」

「アナギー？」

「このお菓子のこと。ロハ諸島で食べていたお菓子に、似てるの。食感はあちらの方がパサパサしていて、こんなにふわっとしていないけれど」

「そうなのですね。お豆腐を練りこんでいるので、柔らかくふわっとしているのかもしれません。お口に合いましたか？」

「ええ。おい……しい」

最初はそうやって、お茶とお菓子を楽しみながら、私は他愛のない話をしていた。

好きな食べ物や、好きな色や、好きなこと。

どうやらメグナミ姫様は甘いお菓子が好きなようで、辛い食べ物は食べられない訳ではないが、あまり好きではないようだ。千国王宮の食べ物は辛いものが多く、ロハ諸島の食べ物は、比較的甘めに調理されているらしい。なるほど。

好きな色は、黄色。だから、黄色の花のお召し物を着ているのかな。

好きなことは、お裁縫とのこと。ロハ諸島の女性は、裁縫が得意でなければならないようだ。花嫁修業でも、料理以上に重視されるのが、裁縫らしい。

やはり、このようなところが、千華街の常識とは違っている。

メグナミ姫も、しっかり修業を経て、ここ千国王宮へと嫁入りしてきたらしいのだ。

だがなぜ、王宮入りしてすぐに、部屋に引きこもってしまったのだろう。

「あ、あたくし、左京殿下の花嫁なんて、到底、できっこないの。あの方の品格を落としてしまうもの。あたくし、とても、醜いから！」

メグナミ姫は、自らをそのように言い放ち、俯《うつむ》いた。

「……え⁇」

私はとてもとても驚いてしまった。

しばらく、言葉を失ってしまうくらい。

正直、羨ましいほどに可愛らしい顔立ちをしているメグナミ姫。それなのに、このお姫様は、自分のことを醜いと思っているのだ。

「だって、千国では、色白で涼しげな目元の女性が、美しいとされているって聞いたわ。あたくし、肌の色は全然白くないし、目もギョロッとしていて大きいし。うわーん」

目の前の机に突っ伏して、またおいおい泣きだしたメグナミ姫。

私はすかさず手巾《ハンカチ》を彼女に差し出しながら、

「ま、待ってください。泣かないで、メグナミ姫様。姫様は私から見ても、とてもとてもお美しいですよ？」

お顔立ちだけを褒めるのもどうかと思ったが、今は見た目について悩んでいるようだったので、そう言う他なかった。実際に、とても美しいのだし。

だけど、メグナミ姫様は首を思い切り振る。

「でも！　あたくしのことを左京様は〝秋葵〟と言ったのよ！　秋葵って、オクラの花じゃない。オクラの花には、偽物とか、醜い女って意味があるのに！」

「えええっ⁉」

驚いて、素っ頓狂な声が出る。

そんな意味合いは、初めて知った。ロハ諸島特有の、オクラの花に付属する花言葉だとでもいうのだろうか。

千国ではオクラも、オクラの花も悪い意味がないので、きっと左京様もそんなことと知らずに、彼女の衣服の刺繍を見て、美しい秋葵だと思ったのだろう。そして、口に出して褒めてしまった。

私だって最初は、この衣服の秋葵が見事だと思ったもの。

だけど、そうではないということ？

「し、失礼ですが、このお召し物の花はいったい……何の花なのですか？」

「ハウの花よ。ロハに咲く尊く気高い花だわ！」

「ハウの花？」

すぐにハッと思い出す。

昨日読んだ本に記されていた、ロハ諸島の情報の中に、この地の住人が愛する神聖な花があった。

それが、ハウの花。

本には挿絵や見た目の情報がなかったので気がつかなかったが、どうやらそれが、秋葵、つまりオクラの花に酷似しているらしい。

オクラの花は、ロハ諸島に住まう者たちにとって、神聖な〝ハウの花〟の偽物であり、醜さを意味するのだという。

なるほど。メグナミ姫様は、左京王子に自分の着物の花を「秋葵」と言われたことで、自分の容姿を醜いと言われたと、大きな勘違いしたのだ。

それで、ショックを受けて引きこもってしまわれた、と。

オクラの花はあんなに綺麗なのに、とも思うが、花の意味、花言葉は、地域や国によって違っているもの。こちらには予想外の勘違いだが、そういった風習があるのならば、仕方がないのかもしれない。

ちなみに千国でオクラは、野菜の花の中で最も美しいと言われているし、〝恋の病〟を意味するのだが……

「あのう。つかぬことをお聞きしますが、メグナミ姫様は、左京様のことをどう思われましたか？」

単刀直入に尋ねてみる。勘違いの内容は把握したが、お相手の左京王子についてどのような第一印象を抱いたのか、まだわからない。

「⁉」

だがこの問いかけに、メグナミ姫はポッと頰を染めて、くねくねと体をよじる。

「そ、それは、それは」

「それは？」

「と、とても素敵な殿方だと思ったわ。あんなに綺麗で物腰柔らかな男の人、ロハ諸島じゃ見たことないもの」

「なるほど」

ロハ諸島の男性方には悪いけれど、左京様の第一印象は、メグナミ姫にとって悪くないようでホッとする。

ならば、こじれた勘違いをお互いに解いてあげることができれば、メグナミ姫様と左京様は上手《うま》くいくはず。

私はぐっと心の中で拳を握りしめたが、表向きは冷静な顔をして、

「いいですか、メグナミ姫様。まずは誤解を解かせてください。オクラの花は、千国では、偽物とか醜いという意味はありません。左京殿下も、そのようなつもりで言ったのではありませんよ」

しっかりと、そのことを伝えた。ここは左京様の名誉のためにも。

メグナミ姫はゆっくりと顔を上げて、涙で潤んだ瞳で私を見つめる。

「……そうなの？」

「ええ。むしろ、最も美しい花の一つと言われています。私も今朝、オクラの花を見ましたが、それはそれは可憐《かれん》で、心癒されました。花を咲かせるだけでなく、実をつけたなら、健康的で美味しい野菜になりますし。刻んでもよし。丸ごと煮たり揚げてもよし。あのネバネバがたまらないといいますか、私、オクラが大好きなのです！　あ、メグナミ姫様は、オクラを食したことはありますか？」

メグナミ姫は真顔のまま、首を横に振る。

「いいえ。ロハの花と似ていることもあって、よい野菜とされていないから、城の人間はほとんど食べないの。民は普通に食べているらしいのだけれど」

「それはもったいない！　抵抗がないようでしたら、一度お召し上がりください。オクラは

とてもとても美味しいのです。整腸作用があり、様々な病気の予防にも効果的で、栄養価も高いです。夏バテ予防にもオススメですよ」

「…………」

「あ、すみません。ついついつい。薬師の性《さが》でして……」

オクラの薬効までベラベラと語ってしまい、メグナミ姫様がキョトンとしておられる。

私は熱くなった体を冷ますため、甘夏のジュースをぐっと飲み干してから、改めて告げた。

「大丈夫ですよ、メグナミ姫様。左京殿下は、あなたを醜いなどとは思っておりません。むしろ、あなたを幸せにしたいとおっしゃっておりました。あなたには寂しい思いをさせたくない、と」

「……あの方が、あたくしを？」

「ええ。それなのにあなたを傷つけてしまったと、しょげておられます。見たことないほどに自信を失ってしまい、お寂しそうにしておられるのです」

眉を寄せ、左京様について理解しようと押し黙り、あの方に思いを馳せている様子のメグナミ姫。

私は、少し間をおいてから、あの方の事情について話をした。

「左京様は、ご自身の母が謀反の罪で囚われておいでです。立場的にも、少し難しいお方で……自分に寄り添ってくれる方や、家族が、欲しいのだと思いますよ」

「……家族」

メグナミ姫は、左京殿下の立場について少なからず教えられているようで、複雑な表情のまま、視線を落とし続けていた。

実際に、王宮内では、左京様を信用していいのか、立場や権力を与えていいのかと、警戒している人は多いと聞く。

青火様が許し、信頼しているからこそ、左京様は今、陽のあたる場所に立っていられるのだ。

その立場はとても危うい。

本人は常に涼しい顔をしているし、前正王妃のことを恨んでいそうだったが、きっと、自らの母のこの先のことを考えるだけで、辛く重苦しい日々を送っているのではないだろうか。

「あたくしったら、どうしましょう」

その時、メグナミ姫が口元に手を当てて、呟《つぶや》いた。

「左京様のお言葉を勝手に勘違いして、ずっと引きこもってしまって。本当に申し訳なかったわ。どうにかして、謝りたい。だけど、あたくし、どうしたらいいのかしら」

「メグナミ姫様……」

しゅんとして、勘違いを恥じている様子のメグナミ姫。

文化の違いによって起こった勘違いだ。だけど、ちゃんとすれ違った理由を見つけ、もつれたものを解いていけば、二人の関係は変わっていくのではないかと思う。

「そうだ。メグナミ姫様、先ほどお裁縫が得意だとおっしゃっていましたよね？」

私が問いかけると、彼女は少し不思議そうな顔をしながらも、

「ええ。特に刺繍が、得意よ」

おずおずと、彼女は控えめにそう告げた。

すると後ろで控えていたナル君が、

「メグナミ姫様の刺繍の腕は、天下一です！　ご自身の衣装や、寝具にも施されるほどで」

と、お仕えしているご主人様の特技を自慢する。

おかげで、メグナミ姫様は顔を真っ赤にしてしまった。

なるほど。今着ている衣服の、ハウの花の刺繍も、ご自身でなされたのか。だからこそ、左京様に秋葵と言われて、よりショックを受けたのかもしれない。

「でしたら、私にいい考えがあります。左京殿下に刺繍で何か手作りの贈り物を用意し、その刺繍で、想いをお伝えするのです」

「左京様に……想いを？　刺繍で？」

「ええ。メグナミ姫様は、左京殿下の名代冠花《みょうだいかんか》をご存じですか？」

「確か、金盞花《きんせんか》と聞いたけれど」

「そうです。金盞花の刺繡を施したものを、あの方に贈るといいでしょう。しかし何に刺繡を施しましょうか……」

私が悩んでいると、メグナミ姫は何か閃《ひらめ》いたのか、

「そ、それならば、お守りを！　ロハ諸島では、妻が夫に、刺繡を施したお守りを贈る風習があるの」

珍しく積極的に、メグナミ姫は提案した。

どうやらそのお守りとは、細長い小袋に守護の意味を持つ神木の皮を入れたものらしく、その小袋に刺繡を施すのが、ロハ諸島の風習だという。

「なるほど、ではその〝お守り〟で行きましょう。ええ、とても素晴らしいと思います！　きっと左京殿下もお喜びになるかと」

メグナミ姫は、ほっとしたのか、少しばかり微笑《ほほえ》む。

今まで笑顔を一度も見せてくれなかった彼女の微笑みは、とてもとても輝いて見えた。

そして、こんなに可愛らしいお姫様を花嫁に貰《もら》うだなんて、左京殿下が羨ましいと、女性ながらに思ったのだった。

それから数日。

メグナミ姫様はまたお部屋に籠もられた。

だけどそれは、今までとは違って、自らの夫となる男性に贈るためのお守りを作っているからである。

ロハ諸島のお守りは、小袋に花の染料で染めた色とりどりの糸を使って、刺繡を施して作る。

左京様の名代冠花である金盞花の刺繡を施す予定だが、そもそも金盞花という花は黄色の着色料として使われることもあるため、せっかくだからと、メグナミ姫様自らが、金盞花からとった染料で糸を染め上げた。

私はそのための金盞花を集めたり、糸を染める場所や道具の確保、作業のお手伝いなどをして、彼女のお守り作りをサポートした。

また、左京様には、メグナミ姫がなぜ勘違いをしてしまったのか、その理由についてしっかりとお伝えした。お守りのことは伏せつつ、メグナミ姫に少し時間を与えて欲しい、と

……

　さて。この糸を準備するだけで、かなりの日数がかかってしまった。

　刺繡はそれから始めたのだが、作業に没頭するあまり食事を忘れがちな彼女に、私はお弁当の差し入れを持って行く。

　オクラを美味しく食べてもらいたいと思って作ったのは、オクラやエビ、玉ねぎやキノコ、サヤインゲンの天ぷらをトウモロコシの炊き込みご飯の上にのせ、甘辛いタレを回しかけたオクラ天丼だ。

「美味しい、美味しいわ、この野菜！　嚙《か》むと口の中でトロッとして」

「これがオクラですよ。刻むとよりネバネバ感がありますね」

　メグナミ姫様はお腹が空いていたからか、天ぷらの衣でその見た目が隠されていたからか、オクラを抵抗なく食べてくださり、独特の歯ごたえや舌触りの食感に驚きつつも、美味しいと言ってくださった。オクラの天ぷらはサクッとした衣の中に、トロッとした粘りが感じられ、風味や瑞々《みずみず》しさもしっかり閉じ込めてくれるお料理で、私も大好き。甘辛いお醬油のタレにもよく合うし、千国のお料理にはよく使われる定番の野菜だ。

　食べ始めると、意外と元気にガツガツ食べる。

　そしてお腹を満たして、少し休憩をしてから、また刺繡を頑張る。

　メグナミ姫は、確かに少し引っ込み思案で、オロオロしたところもあるけれど、一度作業を始めるとその集中力は凄《すさ》まじく、職人肌。

その一生懸命な姿を見ていると、日々私も励まされたりする。

お姫様だけれど刺繡の腕は確かで、小さな頃から頑張って習得したであろう、確かな技術を感じる。デザインセンスも素晴らしく、ロハ諸島の伝統を感じる図案の中に、金盞花だとわかる図形が落とし込まれているのだった。

このような特技を持つお姫様であれば、きっと千華街の民は快く受け入れるだろう。

もしかしたら、ロハ諸島の刺繡の品物が、ブームになる日も、そう遠くないかもしれない。

ここはそういう場所だもの……。


さて。刺繡を始めてから一週間後。

完成したメグナミ姫様のお守りを、いよいよ左京様に手渡す日がやってきた。

しかし直前になって、逃げ腰になってしまっているメグナミ姫様。

「いや、いや、あたくし直接渡すなんて、無理！」

「何を言っているのですか！　ここまで頑張って作ってきたのに、今になって怖気《おじけ》づくなんて。さあ、勇気を振り絞ってください、メグナミ姫様！」

メグナミ姫様を叱咤《しった》激励しながら、なんとか部屋から引きずり出す。

臆病なところがあるが、出来上がったお守りの刺繡は本当に見事で、私としてはすぐにでも左京様にプレゼントするといいと思うのだが、彼女はなかなか、勇気が出ない。

琥珀宮から出ても、外の柱にくっついて、なかなかそこから動こうとしないのだ。

これは困ったお姫様だ。これから左京様は大変だ……

なんて思っていると、

「メグナミ姫？　千歳さん？」

なぜか、琥珀宮の前に、左京様が現れた。

本当はこちらから訪ねていく予定だったのに、このタイミングで現れるなんてどういうことかと思っていたら、彼の後ろで、ナル君がグッと親指を立てている。

なるほど。彼が左京様を呼んできてくれたのか。

ナイスアシスト、と言いたいところだが……

「きゃあああああっ」

メグナミ姫、絶叫。

左京様が、心の準備のできていない中でやってきたせいで、混乱して顔を真っ赤にして、柱の後ろに隠れてしまった。

そんなメグナミ姫に、左京様も青い顔をしているが、ここはもうなるようにしかならないと思い、私は彼に念を送る。

今こそ、お互いの気持ちを伝え、通わせるべきだ、と。

左京様は私の念を受け取ったのか、表情をグッと引き締めて、メグナミ姫の隠れてしまった柱に近づく。

「姫。お体の方は、もう大丈夫でしょうか？」

そして、柱の後ろから、優しく声をかけた。

メグナミ姫は、何も答えない。

「いきなりの縁談で、馴染《なじ》みのない土地に連れてこられ、何も知らない男に嫁がされ、さぞ心を痛めたことでしょう」

「…………」

「お召し物の刺繍の話も、千歳さんから聞きました。申し訳ありません。私の無知によって、あなたを深く傷つけてしまいました」

やはり、メグナミ姫は何も答えない。

答えたくても、恥ずかしくて声が出ないのだと思うのだけれど。

そんな姫の様子を知らず、ただ、拒絶されているのだと感じている左京様は、ふっと寂しげな笑みを零した。

「こんな私のことを……夫と思えないことは、重々承知です」

切なげな声音で、ポツリと呟く、左京様。

この一言によって、どうしようもなく心を掻き乱されたのか、

「ちっ、違います！　左京様は何も悪くありません！　あ、あたくし、あたくしが勝手に勘違いしただけで！」

思わず柱から顔を出してしまった、メグナミ姫。

だが、左京様と顔を見合わせるだけで、また沸騰しそうなほどに顔を火照《ほて》らせ、目を回している。

「あああっ、あの、あの、こ、こ、これ」

頑張れ。

頑張れメグナミ姫……っ。

「こ、ここ、これ、作ったの、です。左京様に、その」

目をぐるぐる回しながら、つっかえながら、手を震わせながら、彼女は顔を真っ赤にして左京様に刺繍を施したお守りを差し出す。

「私に？」

左京様がキョトンとしているところ、メグナミ姫様がコクコクと大きく頷く。

「ロハ諸島では、妻が夫に贈る、お守りだそうですよ」

後ろからこそっと、私が左京様にそう伝える。

「…………」

左京様はそのお守りを受け取り、施されている花の刺繍が〝金盞花〟であることに、すぐ気がついた。

「驚きました。このように素晴らしい刺繍を、私は見たことがありません」

黄金に輝く、金盞花。

その花は、見た目の美しさもさることながら、千国では古くから染料だけでなく薬草にも用いられ、非常に尊い花とされてきた。金盞花の軟膏《なんこう》は、皮膚の病の治療薬として、水仙堂でもよく取り扱っている。

「金盞花。今までこの花のことを、自分の名代冠花だと身近に感じたことはありませんでした。母が自分の欲望のために、私に与えた花だったものですから……」

だからこそ、左京様にはこの花を背負うことを、重荷に感じていた頃もあるのだろう。

「ですが、この先、私はこの花を愛することができそうです」

「左京……様」

お守りを見つめる左京様と、そんな左京様を見つめるメグナミ姫は、本当に、心から嬉しそうで……。

お互いがゆっくりと顔を見合わせ、控えめながらも柔らかく微笑み合う。

この瞬間、左京様とメグナミ姫の間に流れた空気に、私はもう、「大丈夫」だと思ったりする。

私の目は、二人の心が静かに通い合い、惹かれ合う瞬間を、確かに捉え、感じ取ったから。

メグナミ姫はというと、しばらく左京様と見つめ合っていたが、徐々に恥ずかしくなってきたのか、また頭上から蒸気を吐き出すほど顔面を真っ赤にして、

「もう、この場にはいられないわ！」

と、ダッシュで琥珀宮に戻ってしまわれた。

「姫⁉　まさか私は、また言ってはならない言葉を⁉」

左京様は驚き、またもや不安そうにして、何度か扉越しに彼女に呼びかけていたが、

「大丈夫ですよ、左京様。メグナミ姫様は恥ずかしがっておられるだけです」

私はくすくす笑いながら、左京様が安心できるよう、声をかけた。

「これから毎日、会いに来てあげてください。きっともう、メグナミ姫様は扉を開けてくださるはず」

「千歳さん……」

今日はもう無理でも、明日からはきっと、恐る恐るでも扉を開いてくれるはず。

ゆっくりゆっくり、歩み寄ればいい。

心の扉を開くように、会いに来ればいい……


こうして、勘違いが解けた二人が、お互いをわかり合うのに、時間はそうかからなかった。

左京殿下とメグナミ姫様は、あれからほぼ毎日お会いになり、言葉を交わし、初々しくも微笑ましい関係を、ゆっくり積み上げていく。

本格的な秋が訪れた頃には、メグナミ姫は〝秋葵の君〟と呼ばれるようになっていた。

千国の王族は名代冠花を授けられるのが習わしだが、彼女は自分の名代冠花に、オクラの花である秋葵を、自分から提案したのだとか。

醜いと言われたと勘違いし、ロハに帰る帰ると言っていた彼女だが、左京様と触れ合う中で王宮にも馴染んできたようだ。

私もまめにメグナミ姫に会いに行き、何かと相談に乗っている。

そんなこんなで、この事件は〝オクラ騒動〟として、いつの間にか民にも親しまれていたのだが……

　それらが落ち着きを見せ始めた頃、私は改めて左京様に呼び出された。

「千歳さん、その節は本当にありがとうございました。あなたはまた、この千国を救ってくださいましたね」

　千国宰相・左京様が、私に向かって深々と頭を下げる。

「い、いや、それほど大したことはしていませんが」

　今回、仙薬が必要な病ではなかったし、私はただ、二人の勘違いを探し当てて、こじれたものを解くお手伝いをしただけだ。

　結局のところ、お互いがしっかりと思っていたからこそ、上手くいったのだと思う。

　それと、

「メグナミ姫様、可愛いですよね？」

「ええ、可愛いです」

　真面目な顔で即答した左京様。

　左京様は、決して見た目だけでそのように言ったのではなく、行動や言動、混乱しがちだが何かと一生懸命な性格が、お可愛らしいと感じていらっしゃるようだ。

　うん、この分ならば大丈夫だろう。

いいなあ、メグナミ姫、愛されてるなあ。

「次は、千歳さんと、透李様の番ですね」

「ゲホゲホ」

思わずお茶を吹き出しかけ、軽くむせてしまった。

危うく、はしたないところをお見せするところだった……

私のこの反応から、左京様は眉を寄せて微笑み、

「千歳さんはまだ、王宮入りは、考えておられませんか？」

「……いいえ。透李殿下が私を必要としてくださるのなら、私はいずれ、メグナミ姫様のように、王弟の妃として王宮入りするつもりです。透李様を慕っておりますし、ずっと、お待たせするわけにはいきません」

私は初めて、そのことについて、口に出した。

「ですが、やり残したこともたくさんあって」

「そう、ですよね。あなたには、様々な可能性があるのだから」

左京様は一口お茶を啜って、また続けた。

「ですが、透李様は、よい女性と巡り合った。あなたのような、能力と影響力のあるお方が妃として王宮にいてくれたなら、この国はよりよい方に変わっていくでしょう。それに、メ

グナミも、きっと心強いと感じるはず。……あなたには特別、親しみを感じているようですから」

「それは、嬉しいお言葉です」

私は軽く頭を下げた。

左京様は眉を寄せて微笑み、これ以上、この一件で私に何か言うことはなかった。

「そういえば、左京様とメグナミ姫様のご婚儀は、いつ頃執り行われるのでしょう」

私は、自分とトーリさんのことよりも、今は左京様とメグナミ姫のことが気になっていた。

婚儀を見届けたいと思っているから。

「それなのですが、少し、問題もありまして」

左京様は真面目な顔つきになり、視線を僅かに横に逸《そ》らす。

「え、なんですか？」

「婚儀の日取りは、少しだけ遅くなりそうです。実のところ常風国《じょうふうこく》が、新王や私に対し自国の姫君を嫁がせようとしていたので、少し揉《も》めているところでして」

「それって……かつての、正王妃様のように、ですか？」

「ええ、そうです。前正王妃……私の母は、政略結婚でこの国に嫁いだ常風国の姫でした。しかし彼女はその使命に失敗した。自分の子どもを、千国の王にするという使命です」

「…………」

左京様は、その子どもというのが自分であるということをわかっていて、あえて、そのような言い方をしたように思う。

左京様は厳しい表情のまま、話を続ける。

「あの国は、この国を乗っ取ることを諦めておりません。目の上のたんこぶと言いますか、我が国にとっても、無視できない巨大な国家です。外交の舵取りに失敗したら、千国はあの国と戦争をしなければならなくなる」

「……それを回避したくて、青火様は、西国と手を組んだのでしょうか」

「ええ。それは大きな理由でしょう。いつか必ず、常風国は、千国を侵略するための戦争を起こすと、考えている。それは今ではないかもしれませんが」

「…………」

「だけど、いつか必ず。こんな風に、上手くこの国を操れなくなってきたとあれば」

あとは、争いの火種を蒔《ま》き、戦争のきっかけを待つだけだと、左京様はいった。

もし戦争が始まってしまったら、失うものは計り知れない。

そして戦争に負けでもしたら、この国の自由と平和は奪われ、全てが支配されるだけ。

だから、そんな最悪の事態を回避するために、青火様はより強国である西国と手を組み、自国の防衛の強化を急いでいる。

現実味は、まだない。だけど、この国が危機に晒《さら》され続けていることだけは、よくわかった。

そんな深刻な話の中、私はあることが、少し気になってしまった。

「あの……。お話が逸れてしまい申し訳ないのですが、私、ずっと気になっていることがあるのです」

「何でしょう？」

「謀反の罪で囚われた正王妃様は、これから、どうなるのですか？」

左京様は、少し顔色を変えた。

「それは……」

そして、スッと冷淡な表情になる。ピリピリとした緊張感に、私まで、息を呑んでしまうほど。

「今はまだ、はっきりとしたことは言えません。ですが……」

彼は組んだ指で口元を隠しながら、

「また、あなたには、お力をお借りするかもしれません。その時はどうぞ、よろしくお願いします」

そう言うにとどまった。
もしかしたら、もう、正王妃の処分は決まっているのかもしれない。
そしてそれは、ここで私には言えないような、決定なのかもしれない。

第五話 ◆ 山茶花の君（上）

冬がやってきた。

千国《せんこく》は夏が長く、冬の短い暖かな国。

それでも冬ごもりのために、様々な準備を始める。

例えば、魚の干物や、干し飯《いい》や、干しキノコを沢山作っておく。

他にも果実を蜂蜜漬けにしたり、野菜のお漬物を何種類も作ったり、塩漬けの豚肉をこしらえたり。

この国の冬はそれほど寒くないし、雪が降るのも時々だが、保存食があるといざ家から出られない時に便利だし、この家も家族が増えたから、備えがあれば憂いもない。

「蓮蓮《れんれん》が来てくれて助かったわ。冬ごもりの準備って、一人だと結構大変なの」

納屋にそれらの食料を仕舞い込みながら、私は手伝ってくれている蓮蓮にそう言った。

蓮蓮は、こういった重労働も苦ではないみたい。

「こういうの、常風国《じょうふうこく》でもずっとやってきたから、得意だよ。あっちはもっと冬が長いしね。本当は薪《まき》割りも得意なんだけど、千国ってあんまり薪が必要ないんだね」

「この国は、あまり火を使いませんから」

千国はあまり火を使わない生活が根付く国で、熱を発する系統の植物を利用することが多い。この冬のために、その手の植物を乾燥させてたくさん用意しておくのだけれど、薪があると安心なので少しはあってもいいかも。蓮蓮は、薪割りが得意だと言うし……

何より寒くなると、零《れい》先生が腰痛に悩まされ、唯一の男手なのに役に立たなくなるし。

「先生、大丈夫かなあ。腰痛めたんでしょ？」

「まあ、度々あることですから。先生は若者ぶりますが、もうかなりの歳なのです。蓮蓮も労《いたわ》ってあげてくださいね」

「はーい」

そして私は、残りの仕事を蓮蓮にいくつか任せ、昼食とお茶を用意して零先生の元へ向かった。

零先生は自室にいて、寝込んだまま起き上がれないでいる。

「先生、大丈夫ですか？　湿布を貼《は》ってあげましょうか？」

そう言って先生の面倒を見ようとすると、

「いい。自分で貼る！」

などと怒って、やはり老人扱いするなアピールをしてくる。

「ふう。では、ここで安静にしていてくださいね。それと、何かあったら蓮蓮を呼んでください。私は今から、王宮へ行きますから」

「わかったわかった。さっさと行け。うー」

鈍い返事が、零先生から聞こえてきたような、そうでもないような。

全く。このような感じで、いつか私がこの家から出て行った時、先生は大丈夫なんだろうか。

蓮蓮も頼もしいが、まだまだ、先生の扱いに関しては、私にしかわからないことも多い。

何よりひねくれ者だもの。

それに、

「冬って……少し憂鬱になるわ」

体を震わせながら、私は家を出て、灰色の空を見上げた。

冷たい空気を吸って、白い息を吐く。

憂鬱なのは、冬のせいではなく、ただ王宮に呼び出され、不穏な何かを予感してしまうからか。

灰色の空を見上げ、張り詰めた冷たい空気を吸い込むと、頭がすっきりしてくる。

そして、ちょうどこの薬園《やくえん》にある山茶花《さざんか》の木を横切って、私は王宮へと向かった。

山茶花が、真っ赤な大輪の花を咲かせる季節がやってきたのだ。

今日、国王である青火様《せいか》に呼び出されていた。

陛下に直接呼び出されたのは、本当に久々だ。一年ぶりと言ってもいいかもしれない。

どうやら私に、何か直々の依頼があるようなのだが、私は少しばかり緊張しつつ、謁見の間にて我が国の王を待っていた。

「よく来たな、千歳《ちとせ》」

「ご無沙汰しております、陛下」

跪《ひざまず》き、袖を合わせて拱手《きょうしゅ》し、頭を下げる。

青と金の装飾が見事な衣装を纏《まと》った、この国の若き王。

一年前よりずっと威厳と風格を備えていて、それでいて疲れも僅かに見て取れる。苦労されたのだろう。

もともと青火様は、甘めで中性的な左京様や王道の美男子であるトーリさんに対し、男性らしい精悍《せいかん》な顔立ちだった。

そこに凄《すご》みや渋みも備わった。整えられた顎鬚《あごひげ》も、王らしいと言えば王らしい。

そんな青火様は、私に向かってこう述べた。

「千歳。お前を呼んだのは他でもない。お前に相談したい一件があるからだ」

「恐れながら、前正王妃様について、でしょうか」

「はっ。察しのいい奴め」

このタイミングでの呼び出しだからこそ、そんな気がしていた。

前に左京様《さきょう》が、前正王妃について私に何か力を借りるかもというようなことを、言っていたから。

「お前、前正王妃についてどこまで知っている？」

青火様は、私を見下ろしそう問いかける。

確か、謀反の首謀者であることを青藍部隊《せいらん》に嗅ぎつけられて、協力者たちと密会していたところを捕らえられたのだ。

その中でも前正王妃だけは政治的な問題があり、処刑を免れ、幽閉用の石の楼閣《ろうかく》に閉じ込められていると聞いた。

「千華街《せんかがい》の民が知っている以上を、知りません」

とりあえず、当たり障りのない答え方をする。

「そうか。ならば、あの女の行く末は、まだ知らぬか」

行く末、という言葉が少しひっかかるが、私はそれを表情には出さなかった。

青火様は王座に肘をつき、淡々と語り続ける。

「現在、香華妃《こうか》は宮廷敷地内のある楼閣に幽閉されている。あの女にはいくつかの道が残されている。一つは、毒による処刑。もう一つは、死ぬまで幽閉生活。そしてもう一つが、常風国への送還」

「…………」

「生憎《あいにく》だが、常風国からは彼女を返すよう要求されている。これを断れば、おそらく、戦争が始まるだろう。むしろ、あちらはこれを大義名分にしたいはずだ」

「え……」

今までかしこまっていたのに、その言葉で思わず、顔を上げてしまった。

青火様と少しだけ視線が合い、彼は私の動揺を感じ取っている。

「あの女は処刑が妥当だ。本音を言えばここで俺が切り捨てたい。謀反は相当な重罪なのだからな。それに俺も、あの女には幼い頃から幾度となく殺されかけた。俺だけじゃない。蝶《ちょう》姫《き》も、透李《とうり》も、左京だって……相当な恨みが積もっているのでな」

目を細め、皮肉な笑みを浮かべる青火様。

「だがあの女にとって、この国で処刑されることと、本国に返されることと、どちらが不幸かといえば、後者である」

「なぜ、ですか？」

「この国は、あの国より残酷ではないからな」

「………」

「そこで、千歳。お前に一つ、言っておきたいことがある」

青火様は立ち上がる。

何かとても重要なことを知らされるのではないかと身構えたが、我が国の王は威厳たっぷりの面持ちで私の元まで降りてきて、目の前でしゃがみ、こう告げた。

「国家薬師《くすし》資格試験の合格、大義であった」

数秒、沈黙。

「……はい？」

私は顔を上げ、瞬《まばた》きもできずに、口を半開き。

今、王は、何と？

「まさか、知らされていないのか？　そうか、まだ知らせが行ってなかったか。まあ、いい。ここで俺自ら知らせてやる。いいか、お前は今日から国家薬師だ。そこでお前に、重要な任務を授ける。おい、理解しているか？　まあいい、話を進めるぞ」

青火様は私の反応が鈍いので、イラッとした顔をして、さっそく話を進めようとする。

「ちょっ、ちょっと待ってください」

私はやっと我に返り、

「え？　話、変わりすぎではありませんか？　というか、なぜ国家薬師資格試験に合格しただけで、王命を賜らねばならないのですか？　ちょっとした相談ごとだと思っていたのに」

「国家薬師というくらいなのだから、王の命令は聞くものだ」

「え……？　というか私、国家薬師資格試験に、合格したのですか？」

私は自らを指差しながら、今一度、問う。

青火様は「はあ」とわかりやすくため息をついて、哀れみの目を向けてくる。

「千歳、お前は勉強のし過ぎでボケたのか？　さっきからそう言っているだろう。お前は、国家薬師。故に、俺の命令は絶対だ」

「まだ宮廷薬師でもないのに？」

「資格があるのだからいいだろう。そのうちどうせ、透李に嫁ぐのだ。宮廷薬師も同然」

「いや、全然違うと思いますけど」

ツッコミが追いつかなくなってきた。陛下は時々無茶なことを言う。

だけどこれ以上物申すと、きっとこのお方はもっとイライラし始める。

私は合格して喜ぶことを忘れ、もう押し黙り、心臓をばくばくさせながら王命を待った。

「いいか、命じるぞ」

青火様は今一度王座に座り、低い声音で告げる。

「千国王宮を乱し尽くした前正王妃・香華。あの女がこの国で遂げたい最後の願いが何なのか、それを聞き出し、叶《かな》えてやれ」

それは、あまりに意外な命令。

だって彼女は、この国で謀反を起こそうとした重罪人だ。

それなのに、願いを叶えてやれ、ですって？

私は何の反応もできず、ただただ複雑な表情で、陛下を見ていた。

「ふっ。理解できないという顔をしているな、千歳。だがこれが、俺のあの女にできる、最後の復讐《ふくしゅう》だ」

私には、その意図がさっぱりわからない。

だけど、その命令は、王いわく絶対なのだった。

予期せぬ場所で、最も心配していた試験の結果がわかった。

せっかくの合格、本当ならば喜びいっぱいの顔をして零先生に報告したいのに、同時に命じられた任務の重責に、私は放心状態のまま薬園に戻る。

「どうした千歳。幽霊でも見たような顔をして」

零先生は居間にいて、暖炉の側《そば》の椅子に座り、本を読んでいた。

「先生、腰の具合はどうですか？　起き上がることができたのですね」

「安本丹《あんぽんたん》め。俺の作った湿布があれば、このくらいなんてことない。お前もさっさと暖炉で体を温めろ。外は寒かっただろう」

「……ええ」

この家はとても暖かい。

暖かい家に帰るのは、ホッとした安心感がある。

「で、千歳。どうした。心ここにあらずというような顔をしていたぞ」

零先生は、何もかもお見通しだ。

「それが、先生……私、国家薬師資格試験に、合格しました」

「…………」

私のこの知らせも、予想していたとでもいうように。

「ふん。だから言ったであろう。心配はない、と」

零先生は温かなお茶を啜《すす》りながら、淡白な受け答えをした。

部屋に漂う香りから、生姜《しょうが》と柚子《ゆず》のお茶かな、と思う。

「だが、よくやったな千歳。これでお前も、一端《いっぱし》の薬師か」

そしてさりげなく褒め、私の頭を少しだけ撫《な》でてくれた。

試験に受かった実感がまるでなかったのだが、零先生に褒められて、じわじわと喜びが込み上げていた。同時に、努力が報われてよかったと、ほっとする。

「あ、でも合格したせいで、陛下にあることを命じられまして……」

「何？」

かくかくしかじか、先ほどの王命の内容について零先生に話すと、彼はなんだか複雑な表情で頭を抱えている。しかしその時、

「千歳先生！　国家薬師になったんですか⁉」

蓮蓮が、今になって奥の台所から駆けて出てきた。ちょうど台所で、芋の皮むきをしていたようだ。

「こら蓮蓮！　家の中を走るのではないと、あれほど言っただろうが！」

「あ、ごめん零先生。話が聞こえたから、つい」

零先生に叱《しか》られて後頭部を掻きながらも、蓮蓮はとにかく嬉《うれ》しそうだ。

「わーいわーい！　千歳先生が、やっと本当の先生になったー」

「その喜び方は、どうなんですかね？」

「今夜はご馳走にしようよ！　ね、そうしよう。いっぱい小籠包《ショウロンポウ》を作ろうよう」

「とにかく小籠包が食べたいんですね、蓮蓮は。しかし芋の皮むきをしていたのでは？」

「芋は芋汁にするんだよ」

元気のいい蓮蓮に手を引かれながら、私は台所へと連れて行かれた。

ちらりと零先生の方を見ると、彼は窓辺で、小さく微笑《ほほえ》んでいる。

あまり見ない表情だと思った。

だけど、それが少し、寂しい。

私、ずっと薬師の試験に合格したかったのに……

まるでそれが、親離れや巣立ちのようなものを意味しているかのようだ。

少なくとも、零先生自身が、それを感じ取っている。

この冬が終わった頃には、もうこの暖かな家が、私の居場所ではなくなっているかもしれない。

そうして向かう先に待つものとは、いったい何なのだろう。

その一週間後。

王に命じられた任務を全うするべく、私は王宮内にある、王族の罪人を幽閉する〝石の楼閣〟と呼ばれる塔の出入り口に立っている。

それはまさに石を積み上げて作った、華やかさの一切ない塔で、外からだと高い場所に一つだけ窓が見える。そして、窓には鉄格子がしっかりとはめられているようだ。

武人の兵が辺りを囲んでいて、一層物々しい。

今、ここにはそれだけ、重要な人物が閉じ込められているのだった。

「落ち着け、千歳。落ち着け」

前正王妃が、この国で遂げたい最後の願いを聞き出し、それを叶えてやれ――

青火様は、私にそう命じた。

なんと難しい任務だろう。資格を取っただけの、ただの薬師である私に、何ができると？

そもそも、前正王妃は苦手で、正直なことを言うと嫌いだ。

青火様にも散々なことをやってきたようだが、私の愛するトーリさんのことも、毒で害し、酷《ひど》い言葉で侮辱し続けた人だもの。

あの人が許せなくて、ピアノを弾いた時もあったっけ。

あの時のことを覚えているのなら、きっとあの人も、私が嫌いだろう。

気を引き締めて、石の螺旋《らせん》階段を上ると、厳重な石扉を兵が開く。

「失礼します」

久々の対面だ。

塔の上の部屋の中は薄暗く、小さな窓から差し込む陽光だけが、室内を照らしていた。

そして、小さな窓の側に、簡素な椅子があり、人影があった。

「国家薬師・千歳、参りました」

袖を合わせて頭を下げ、淡々と名を名乗る。

すると、

「ああ、そなたか。久しいのう」

その女性も、こちらを振り返った。

派手で煌《きら》びやかな、赤と黒の着物を纏っていた頃の、正王妃の面影などない。

痩せ細った体には、平民が着るような麻布の素っ気ない着物を纏い、白髪混じりの髪には飾りもない。

許す訳にはいかない人でありながら、一方で、哀れみも感じる。

落ちるところまで落ちた前正王妃の姿が、そこにはあった。

「ふっ。その顔を見ていれば、そなたがわたくしをどう思っておるのか、ようわかる」

頬骨の出た顔に陰影を落とし込み、ゾッとするようないびつな笑みを浮かべた。

「さあ、笑うがいい。そなたがこの世界に来てからというもの、わたくしは何もかもを奪われた。そう、そなたが、この世界に来たから……っ」

「……いいえ。この状況は、あなたの身から出た錆《さび》です」

「違う！　お前のせいだ！」

香華妃は立ち上がり、私に指を突きつけて「お前のせいだ！」と何度も罵る。

髪を振り乱し、怒り狂う姿は異常だが、もう、昔のような恐ろしさは感じない。

権力を取り上げられた彼女は、ただの、悲しい人。

「確かに、私の今までやってきたことは、全てあなたの野望を打ち砕くものだったかもしれません……」

私はただ、冷たくその人を見据えていた。かつての、この国の正王妃を。

「ですが、今回ここへ来たのは、あなたを苦しめるためではありません。私は、あなたの最後の望みを、知りに来たのです」

「望み……？」

香華妃の声色が変わる。

しばらく沈黙が続いていたが、やがてクスクスと小さな笑い声が聞こえてくる。

「そうか。ならばわたくしは、死罪と決まったのか！」

どこか、少しだけ、愉快な香華妃。

私はただ、淡々と、彼女に伝えていいと言われていた情報だけを語る。

「いいえ。そうではありません。あなたは処刑されず、冬の終わりに、常風国へと送還されます」

「それもまた、死刑のようなものであろう！　いや、それ以上の苦しみに違いない！」

「…………」

「お前は、役目を果たせなかった妃《きさき》が、あの国に送り返されて生きていられると思っているのか？　そして、タダで死なせてもらえると？」

私は何も答えず、唾を飛ばして言葉を吐き捨てる彼女を淡々と見ている。

「ならばいっそ、この国で死なせてくれればよかったのだ！　一瞬で死ねる毒を、お前ならば、持ってこられるだろうよ。国家薬師であるならば！」

「え……」

私の顔色が変わった瞬間を、香華妃は見逃さなかったのだろう。

目を見開き、私の頬に痩せ細った手を添えて、抑揚のある声音で、告げる。

「そうだ。最後の願いごとはこれにしよう。最期の願いだ……っ、楽に死ねる毒を、ここへ持ってきてみせよ、千歳」

惑わされてしまいそうな、ねっとりとした声。

きっとこの声で、言葉で、彼女は様々な人を操り、傷つけてきたのだろう。

私はハッと、自らの役目と立場を思い出す。

「いけません。あなたの生死は、この国を左右する」

ぐっと睨《にら》むように、香華妃に改めて問いかけた。

「死ぬ以外で、あなたの望みは、何ですか？」

「ならば、王座を。左京に玉座を」

「なりません」

「これ以上の望みがあるものかっ！　わたくしの望みなど、全て潰《つい》えた。お前に潰されたのだ！」

私の両頬に当てていた手に力を込めて、頬をグググと引っ掻くようにして、その手を握りしめる香華妃。

そして、彼女は私に背を向ける。

ズキズキと頬が痛かった。それでも私は、彼女の最後の望みを知り、叶えなければならない。

彼女の閉ざされた心の内側を、無理矢理に、こじ開けてでも。

だから私は、きっと香華妃が無視できないであろう、この情報を教えた。

「一つ、お教えしましょう、香華妃。あなたのご子息である左京殿下は、先日結婚いたしました」

「な……っ」

香華妃は、このことを知らなかったようだ。

勢いよく振り返り、今までとは比べものにならないほど、切羽詰《せっぱ》まった形相で再び私に迫る。

「わたくしの許可もなく、あの子が⁉　どこの馬の骨と……っ」

「落ち着いてください。ご結婚相手は、ロハ諸島の豪族の娘、メグナミ姫様。純粋で、お可愛《かわい》らしい方です。何より、左京殿下を心から慕っておられる」

「ロハ諸島⁉　そのような田舎娘にわたくしの左京が。ありえない、許せない許せない許せない！　青火め、我が息子にそのような仕打ちを……っ」

私の胸ぐらに摑《つか》みかかり、怒りに任せて言葉を吐き出す、香華妃。

私はそんな彼女を前に、ゴクリと唾を飲み込み、確かなことを告げた。

「香華妃、左京殿下は、もうあなたの操り人形ではありませんよ」

「…………」

「あなたはあなた。左京殿下は左京殿下。それを間違い、履き違えたから、あなたは今ここにいるのです」

「……お前に、お前に何がわかるというのだ……っ」

「わかりません。何も。だから教えて欲しいのです」

私は一度目を瞑《つむ》り、ゆっくりと開けてから、

「もう一度、問います。あなたの最後の望みは、何ですか？　それを叶えるために、私がここへ寄越されたのです。あなたが教えてくれなければ、私はいつまでもここへ来ます」

「なるほど青火め……っ。それがわたくしへの、最後の嫌がらせというわけか」

私は何も答えなかったが、それは多分、少しだけ合っている。

これはきっと、あなたから被害を受けてきた者たちの、最後の復讐。

本当に情けを与えるというのなら、すぐにでも、この地で処刑するはず。

だけど、そうはしなかった。

最後の願いを叶えてやるというのは、高みから余裕を見せつけ香華妃の自尊心をズタズタ

にし、自らの終わりを意識しなければならない時間を与えるということだ。

香華妃は、先ほどまで威勢よく私に摑みかかり怒鳴っていたというのに、今はもう椅子に座り込んで、項垂《うなだ》れている。

「では、今日のところはこれで」

私はそんな前正王妃を、閉ざされた楼閣の部屋に置いて、急ぎ足で出て行った。

出た瞬間に、気が抜けてしまい、へたり込む。

「おい、大丈夫か」

兵の一人が心配して駆け寄ってくれたが、私は深呼吸をして「大丈夫です」と返事をし、立ち上がる。

思っていた以上に、気の重い任務だ。

あのお方の毒気は強く、それでいて、行く末には闇しかなくて……

なぜか猛烈に頭が痛くなってきて、吐き気もする。

囚《とら》われた怪物。

だけど、やっぱり、人であり、母だ。

その間にある大きな落差のようなものに、私もまた、言葉にできないショックを受けているのだった。

薬園に戻り、琴《こと》ノ呉《ご》茱萸《しゆゆ》湯《とう》という、頭痛に効く仙薬《せんやく》を服用する。

これはお腹の内側を温めて、頭痛を取り除いてくれる薬だ。

どうにも自力で回復できそうになかったので、仙薬に頼った。

零先生の薬は、やはりすぐに効く。

「千歳先生、薬なんて飲んで、どうしたの⁉」

ちょうどお使いから帰ってきた蓮蓮が、台所で薬を飲んでいた私を見て、驚いていた。

「少し、頭が痛くて」

「風邪？」

「いいえ、違うんです。色々と考えごとをしてしまい、頭も心も、いっぱいいっぱいになってしまったのでしょう」

「王宮で何かあったの？　前の王妃様のところへ行くって言ってたけどさ」

蓮蓮は鋭い。心配そうに眉を寄せて、私の袖を摘《つま》んでいる。

「ええ。前正王妃様の、願いを叶えなければならないのです。ですが、それがとても難しそうで」

「願いを叶えてあげるの？　でも前の王妃様って、極悪非道だったんでしょ？　聞いたことあるよ。王位を簒奪《さんだつ》しようとして、謀反を起こしたって。処刑されるかもって噂《うわさ》も」

一度も彼女と会ったことのない蓮蓮まで、そのようなことを知っている。流石《さすが》に噂の早い千華街の住人なだけある。

私が、蓮蓮にどこまで話していいものか考え込んでいたら、

「処刑されてもおかしくないほどのことを、数え切れないほどしてきた女だ。当然、多くの者に恨まれている。冷酷で、残虐で、自らがよければそれでいいというような、悪女だ」

「零先生」

そこに零先生が現れて、いつも通り無感情に述べる。

「気に入らない者を容赦なく陥れてきた。陰で殺した者も数えきれまい。まあ、自分で手をかけたことなどなく、他者にやらせただろうがな」

そして、頭痛と共に悩みこんでいた私の方を見て、

「だが、そういう女でも、生まれてきた時から〝怪物〟だった訳ではない。ああなった理由というものがある」

「……理由？」

「かつての、あの女を知る者だっているだろう。千歳、あの女の、心の内側にある本当の願

いを知りたいのなら、そういった者たちを訪ねてみたらどうだ」

「あ……」

零先生の助言のおかげで、目の前がパッと明るくなるようだった。

なぜか、気分の重苦しさや、体の不調も引いていく。

「零先生、ありがとうございます！　ええ、そうしてみます！」

やはり私は、まだまだ零先生の助言がなければ、様々な壁にぶつかりがちだ。

先生の仙薬も凄いけれど、彼の言葉が、何よりの特効薬だったりする。


翌日。私は早速、王宮での聞き込み調査を始めた。

香華妃がこの国に来る前のことや、来たばかりの様子を知る者を探すためだ。

「あー、それなら、庭師の海二《かいじ》爺《じい》さんが、何か知っているかもしれんな。あの人は確か、常風国出身だったはずだ」

まず、武人の仁《じん》さんに出会えたので尋ねてみたところ、宮廷庭師で最年長の海二さんが、有力情報を持っているかもということだった。

早速、王宮の大庭園の監督をしている海二さんを訪ねた。

海二さんは高い櫓《やぐら》の上に立ち、庭全体を見下ろして、弟子たちに何か指示を出していた。

私もまた櫓を登り、香華妃についての質問をすると、あの方がお生まれになった時のことをよく覚えているとしみじみ答えた。

「わしは元々常風国の王宮で庭師をしておった。香華様は王の寵愛を一身に受けておられた露華《ろか》様の……確か、二の姫じゃったはず。香華様をお産みになったことと引き換えに、露華様はお亡くなりになったのじゃ。故に香華様は、誰もが悲しみに暮れながらの、ご誕生であった」

「……そうだったのですね」

少しばかり、考えさせられる話だった。

要するに、香華様とは、その誕生を誰にも祝ってもらえずに、自らの母の命と引き換えに、この世に生を享けた姫だったのだ。

「おとなしい姫じゃった。ほとんど部屋から出ずに、窓からぼんやりと、宮殿の庭を眺めておったよ。そして時々、歌を歌っておった」

「歌、ですか？」

「ああ。とても美しい歌声を持つ姫じゃった。誰かが聞いているとわかると、すぐに部屋の中に引っ込んでしまわれたが」

海二さんは懐かしさに目元を滲《にじ》ませて、長いため息をつきながら本音を漏らす。

「あの姫は、どうしてあんな、恐ろしい王妃となってしまったのだろう。わしにはよくわからぬのう」

「……お話、ありがとうございます、海二さん」

私は話をしてくれたお礼に、海二さんに、杏仁《あんにん》のクッキーを受け取ってもらった。

「他に、香華妃について、何か知ってそうな方をご存じでしょうか？」

「ん～、そうさのう……」

クッキーをもさもさ食べながら、それ以上何も答えない海二さん。

というか、質問の内容を忘れてしまった感じだ。ぼんやりとしておられる。

「あのー」

その時、海二さんの背後にいた若くて逞《たくま》しい庭師が、

「俺の姉貴、サクっつーんですけど、一年前まで正王妃付きの女官だったっす」

私たちの話を聞いていたのか、そのような情報をもたらしてくれた。

「香華妃の、ですか？」

「ええ。なんつーか、前正王妃の悪口を散々実家で吐き散らしてたもんですから。今は確か、役人の食堂で働いてるっす」

「わかりました。ありがとうございます！」

私は櫓から降りて、早速役人たちが集う、王宮の食堂へと向かった。

そこは下級役人たちのための食堂で、テーブルに食事を運ぶ女性が忙しくあっちこっちを行き来している。

従業員の誰かに話しかけようとオロオロしていると、後ろから大声で注意された。

「なんだい、邪魔くさいね！　ここは役人専用の食堂だよ！　小娘は帰った帰った！」

背が高くガタイのいい女性が、白い頭巾と白い前掛けをつけて、両手に使用済みの食器を積み重ねて運んでいた。

「あ、私は一応国家薬師です。この食堂を使う権利はあったりします」

「おや、そうかい。じゃあさっさと注文をしな！」

「あの、サクさんはいらっしゃいますか？　こちらで働いているとうかがったのですが」

「ん？　サク？　そりゃあたしのことだよ！」

なんと、この声の大きな女性が、例のサクさんだった。

「あのう、少しいいでしょうか？　お話をうかがいたいのです」

「話？　ちょっと待ちな。もうすぐ交代だから！」

というわけで、私は食堂で雲呑《ワンタン》湯とニラ饅頭《まんじゆう》を頼んで、一番隅っこの席でそれを食べながら、彼女の仕事の休憩を待った。

　雲呑湯は出された時にはもう冷めていて、せっかくの雲呑もちょっと物足りない量だったけれど、ニラ饅頭は中身ぎっしりで、生地もふわっと柔らかく、とても美味《おい》しい。

　このクオリティの差はなんだろう？

　作り置きの差だろうか、それとも調理人が違うのだろうか？

　などと考えていると、サクさんが頭巾を剝ぎ取りながら、休憩の合間にやってきた。

「で、あんた。いったいあたしになんの用だい？」

　向かい側に座り、テーブルの端に積み重ねられている湯飲みを取り、急須に入れっぱなしのお茶を注ぐサクさん。

「あの、サクさんは一年前まで、香華妃に使える女官だったそうですね」

　私があの方の名前を出すと、元気いっぱいだったサクさんの表情が、うっと怯《ひる》んだようなものになる。

「もしかしたらあまり語りたくないかもしれませんが……香華妃は普段、どのようなお方だったか教えてくれませんか？」

「どのような、だって？」

　サクさんは長年の恨みつらみを思い出してしまったというような、物凄い形相をして、湯飲みをテーブルに叩《たた》きつける。

「そりゃあ最悪さね！

「は、はあ。やっぱり」

「あの女のせいで、何度死にかけたかわからない！　八つ当たりも全部あたしら女官が受けていたんだ。特に目をつけられた女官は最悪だったね。怒りを買い、いつの間にか見かけなくなった人もいた。あれきっと、正王妃に首を切られて殺されたんだよ」

首を切るジェスチャーをして、私に凄むサクさん。

その後ひとまず落ち着いて、頬杖をついて語り始める。

想像のついていたことだが、やはり、香華妃は女官たちの間でも最悪の評判のようだった。

虐待じみた仕打ちを受けた女官は数知れず、それでも彼女の元から逃げられず、日々怯《おび》えていたのだとか。

サクさん自身は、そんな前正王妃に約七年もの間、食事を運ぶ係をしていたそうだ。

だが料理がまずいと皿を投げつけられることはあっても、酷いいじめを受けることはなかったという。

それでも、前正王妃の気まぐれで、散々な仕打ちを受けた多くの同僚たちを助けてあげることができなかったことを、サクさんはとても悔いていた。

前正王妃の謀反が暴かれ、彼女が捕らえられてからというもの、サクさんはもう王宮の妃に仕えたくなくて、ここの食堂で働き出したという。

あの頃に比べたら地味で薄給だが、まだ無愛想な役人たちの相手をしている方が、幾分気が楽だ、と。

「あ……。だけど、そうだ。五年前まで、前正王妃のお気に入りの女官がいたんだよ」

ふと、あることを思い出したように、サクさんは天井を仰いで呟《つぶや》いた。

私はそれを聞き逃さない。

「お気に入り、ですか？　どのようなお方なんです？」

「確か、あの正王妃が千国に嫁ぐ前から、ずっと側で仕えていた女官だ。正王妃やあたしたちより、ずっと年配だった」

なるほど……

要するに、常風国から千国に渡る際、一緒に連れてきた常風国出身の女官ということか。

「名前は梨杏《りあん》。ま、五年前に流行《はや》り病にかかって失明したから、宮仕えを辞めたって話だ。あの前正王妃は、梨杏が辞めても、金銭面で手厚く援助してたらしい」

「あの、香華妃が……？」

他者のためにそこまでする香華妃のイメージがない。

だからこそ、あの香華妃に信頼されていた、貴重で重要な人物でもある。

千国に来る前の香華妃のことを、もっと詳しく知っているに違いないのだから。

私は、できることならば、その人に会って話を聞きたいと思った。

「その梨杏さんという方は、今どこにお住まいですか？」

「千華街の四番地だよ。あの正王妃に立派な家を貰《もら》って、使用人もいる。入り口に山茶花の立派な木があるから、すぐわかると思う」

「山茶花。……ありがとうございます！」

山茶花の立派な木がある四番地の家、という情報に、思い当たることがあった。

私はサクさんに、お礼の杏仁のクッキーを押し付け、急いで食堂を出て、王宮の敷地内を駆け抜けていったのだった。今日の私は、よく走る。

ちょうど、王宮を出る門のあたりでのこと。

「あ、おーい。千歳君、そんなに急いでどこへ行くんだい？」

知っている人の抑揚のない声が聞こえたが、私は急いでいたので気づかなかった振りをする。しかし、

「ちょっと、なに無視してくれてるの」

気がつけば背後に声の主がいて、ガシッと私の肩を掴んでくる。

「あ、えっと、お久しぶりです、緋澄《ひずみ》さん」

私はなに食わぬ顔で振り返り、笑顔。

そこにいたのは宮廷薬師の緋澄さんだ。

緋澄さんは長い黒髪を一つに結って横に流した、黒衣の薬師。元、零先生のお弟子さんで、私にとっては兄弟子に当たる。

切れ長の目元と薄い唇に怪しげな笑みを浮かべていて、この人を前にするとどこか警戒してしまう。別に、悪い人じゃあないんだけど。

最初に色々と難癖つけられたからかな……

「国家薬師の試験に合格したんだろう？　おめでとう。思っていたより、早かったよ」

「あー。ありがとうございます」

「僕に褒められても、全然嬉しくなさそうだよね、君」

緋澄さんは私の冷めた対応にもめげてない。

「そういえば緋澄さん。以前、メグナミ姫様の小姓のナル君に、水仙堂《すいせんどう》を紹介してくださったようですね。その節は、ありがとうございました」

「ん？　ああ、まあ。君ならなんとかできるんじゃないかと思ってね」

「私ですか？　零先生ではなくて？」

「そうだとも。実際に、メグナミ姫様のことは君が解決したんだろう？」

言われてみると、確かにそうだ。だけど、緋澄さんが私のことをそれほど評価してくださっているとは思っていなかったので、少し驚いた。

「それで、そんなに急いでどこへ行くっていうんだい？」

「ああ。その、四番地に用事が……」

そこまで言って、ハッと思い出す。

そういえばこの緋澄さん、かつて正王妃のお気に入り薬師として、彼女の側にいた人物だ。本人はさらっと正王妃を裏切って、左京様と共に青火様側にいた訳だけれど。

「緋澄さん、暇そうですし、ちょっと来てください！」

「え？」

私は兄弟子の腕を引っ張り、急ぎ足で王宮の門を出た。

長い階段を駆け下りて行きながら、私はことのあらましを緋澄さんに説明する。

「なるほど。あの女の世話を君が任されていることは、なんとなく左京様に聞いていたけれど、そういうことになっているとはねえ。難儀な話だ」

「面白そうにしないでください。困っているんですから」

「それでも、あちこち駆け回って、あの女のことを調べているんだろう？　相変わらず律儀というか、健気《けなげ》というか」

　横目で私を見つめながら、緋澄さんは袖を口元に当ててクスクス笑った。

　自分には関係のない話だと思っているに違いない。

「だけどねえ。あの女に救いがあるかと言ったら、それはないと断言できるよ。あの女のことを知れば知るほど、君は苦しむんじゃないのかな？」

「……意地の悪いことを言いますね、緋澄さん」

「本当のことだよ。あんな女の願いごとなんて、適当に聞いてやり過ごせばいいのに。陛下も人が悪い。君にこんなことを頼むなんて」

「……きっと、他の方は、誰もあの方の願いなど叶えたくないのでしょう。私が最も被害を被っていないから、私に命じられたのだと思います」

「ふうん。君はそう考えているんだね」

　緋澄さんの曖昧な物言いに、私は少し押し黙る。

　この人の忠告は、言われてみると、そうなのかもしれない……とも思う。

　確かに、この任務の先に待っているのは、私にとっての苦しみかもしれない。

だけど私は薬師だ。例えばこれが、心の病であったなら、必要な薬は、あると思う。

それが、生薬を調合した仙薬でなく、別のものだったとしても。

「あなたに何を言われようが、私はこの仕事をやり遂げます。何より、興味があるのです。香華妃がなぜ、あのような悪行を働く王妃となってしまったのか」

「ふうん。ま、別に、いいけど」

緋澄さんは、また含みのある笑みを零《こぼ》し、それでも私についてきた。

そりゃあ、香華妃のことを知ったところで、あの人を好きになれるとは思わないし、思いたくもない。トーリさんを傷つけ続けた、あの人を……

だけど、私は零先生の言葉が、心にずっと残っている。

生まれた時から怪物だった訳ではない、と。

もうあのような妃を生まないために、私は、知っておきたいのだ。あの人のことを。

「ところで、緋澄さん、梨杏さんという香華妃付きの女官だった方を知っていますか？」

私の唐突な問いかけに、緋澄さんは「ああ」と適当な声を上げて、

「あの婆《ばあ》さんか。知っているよ。王宮でひどい高熱を出して失明したんだ。病ってことになってるけど、あれ、高熱を出す薬を食事に盛られてたんだよね。正王妃を暗殺するための毒だったんだろうけど、梨杏婆さんはいつも彼女の口にするものの毒味をしていたから」

「……お詳しいですね」

緋澄さんは目を細め、意味深な薄ら笑いを浮かべた。

まさか、その毒を仕込んだのが緋澄さんだということは……

「安心してよ、僕じゃない」

彼はニヤッと、意味深な笑み。

「ちょうど、あの女に重用されてた時代だしね。梨杏のことも、看病もさせられたからよく覚えているんだ」

哀れみを感じさせることなく、飄々《ひょうひょう》と語っていた緋澄さんだが、ふと何か思い出したように、空を仰いだ。

「そういえば、あの時……あの女は、酷く取り乱していたな。梨杏を助けよと、僕に泣きついた」

「…………」

「馬鹿な女だ。今まで自分がしてきた残虐なことの、しっぺ返しだっただけなのに」

緋澄さんの言うことは、もっともだ。

だけどそれだけ、梨杏さんという女官が、あの香華妃にとって大切な人間だったことを意味している。

あの人に、それほど大切な他人がいたなんて。

梨杏さんは、いったいどんな女官だったんだろう……

「ここですね」

緋澄さんと共に、四番地の裏通りに位置する、目的の場所に辿《たど》り着いた。

煉瓦《れんが》造りの立派な邸宅だ。そして、この時期に美しい大輪の赤い花をつける山茶花の木が、門の奥に見える。

前々からこの屋敷の前を通る度に、山茶花が綺麗《きれい》だと思っていた。

どんな富豪が住んでいるのだろうと思っていたが、まさかあの正王妃に仕えた女官が住んでいただなんて、思いもしなかったな。

門をくぐり、玄関で呼び鈴を鳴らす。

カランカランと、大きな音が響いた。すると、扉の向こう側から、一人の若い女性の声がした。

「どなたですか？」

「王宮の薬師です。梨杏さんにおうかがいしたいことがございまして」

「…………」

しばらく相手は無言だったが、やがて扉がゆっくりと音を立てて開く。

「どうぞ、お入りください」

そう言って私たちを中に入れてくれたのは、梨杏さんの世話をしているという、この家の使用人だった。

「梨杏様は、奥のお部屋にいらっしゃいます」

「ありがとうございます」

薄暗い屋敷の中を歩む。

造りのしっかりしたお屋敷で、まだ新しい。使用されている煉瓦や木材も高級なものだとわかる。

奥の突き当たりの扉の前まで案内された。

扉を叩き、使用人が「宮廷薬師の方々がお見えになっております」と声をかけると、中からしわがれた声で「どうぞ」と聞こえてくる。

使用人が扉を開けて、私たちを中へ入るよう促してくれた。

そこは、薄暗い廊下と違って、中庭に面した明るい部屋。大きな窓の前で、椅子に座って目を閉じ、三毛猫を撫でている老女が一人。

「梨杏さん、ですか？」

「ええ、そうです。私に何かご用ですか、宮廷薬師のお嬢さん」

その人は目を閉じたままの顔を、こちらに向けた。

盲目とはいえ、白髪の頭を綺麗にまとめ、化粧もしっかりと施していて、品のある佇《たたず》まいだ。

「おや。緋澄様もいらっしゃるようですね」

「あはは。声を出してないのに、バレましたか」

「失明してからというもの、やけに耳がよくなってしまいましてね。物音以上の何かを拾ってしまうのです。存在感といいますか……」

私たちが来たことで、梨杏さんの膝の上に乗っていた三毛猫が床に降りて、首につけていた鈴をチリンと鳴らしながら、そのままどこかへ行ってしまった。

この穏やかな空気の中、緋澄さんがじっと私を見ている。

私はハッとして、梨杏さんの前にしゃがみ、その手に触れ、用件を伝える。

「千歳と申します。突然、申し訳ありません。梨杏さんにおうかがいしたいことがあって、訪ねさせていただきました」

「ふふ。そろそろ……誰かが私の元へやってくると思っていましたよ」

梨杏さんはそう言って、

「香華様のことでしょう？」

もう見えぬ眼を薄く開き、問いかける。

僅かに緊張した。何を知ることになるのか、少しだけ恐れている。

だけど私も怖気《おじけ》づくことなく、「ええ」とはっきり答えた。

「香華妃の、千国に嫁ぐ前の様子と、来てからのことを、私に教えてください、梨杏さん」

「知ってどうするのです？　香華様を見捨てたこの国に、私が期待することなど、もうありはしません」

その言葉で確信した。この人には今も、香華妃への忠誠心が残っている。

「あなたは……香華妃のために、この国に来たのですか？」

「そうです。あの方にお仕えするのが私の役目だった。誰に命じられた訳でもありませんがね」

香華妃の腹心。

あの人を慕う者など一人もいないと思っていたのに、ここにいた。

だけど、誰か一人でも、あの人のことを大切に思っている者がいるのならば、そこに香華妃の真の姿が、隠されているのではないだろうか。

話を聞いてみたい。

悪逆ばかりが知られるかの王妃の、裏の顔を、教えて欲しい。

「私には、香華妃の最後の願いを、叶える役目があります。香華様は、いったい何を望み、この国にやってきたのか。心の内側にある本当の願いとは、何なのか。私はそれを知りたいのです」

私の真剣な訴えを、声音から感じたのか、梨杏さんは再び目を閉じた。

「よいでしょう。あなたがそこまで言うのであれば、あのお方について、私の知っていることをお教えしましょう」

私はずっと梨杏さんの前で膝をついていたが、緋澄さんは遠慮なく壁際の椅子に座ってなんとなく話を聞いている。

しばらく、梨杏さんは無言だった。どこか遠くを見るように、窓辺に顔を向けている。見えぬ瞳だからこそ、思い出せる景色があるかのように。

「香華様は、おかわいそうな姫君でした」

ゆったりした口調で、そのように、語り始める。

「常風国の帝《みかど》の寵姫・露華様の二の姫として生まれながら、そのお顔立ちは露華様には似ておらず、帝は、彼女のことを露華様を殺した呪《のろ》い子のように扱い、見向きもしなかった」

「呪い子、ですか」

「ええ。一方で、露華様に似ていた一の姫のことは、大層可愛がっておられたのです。香華様の孤独は、生まれた時から始まっていました」

その言葉に、私はぎゅっと、唇を結ぶ。

どのような話も聞き逃すことのないよう、耳を澄ます。

「私はそんな香華様のお世話を任された乳母だったのです。姫君なのに誰にも愛されず、父にも疎《うと》まれ、それがなぜなのかわからず、劣等感ばかりに苛《さいな》まれていく……。香華様は、ただ生きた幽霊のごとく、暗く沈んだ日々を過ごしておられました。窓辺で、悲しい歌を歌いながら」

「歌……。そういえば、常風国の王宮で庭師をしていた方も、香華妃の歌声は大層美しかったと言っておられました」

「ええ。香華様の歌声は、艶やかで繊細で、心に染み入る不思議な力があったのです。ですが、彼女の歌声を、一番聴いて欲しかった父君には、聴いてもらえませんでした」

胸がズキズキと痛かったのは、この千国に来る前の私に、重なる部分があったからだ。

あの人は歌だった。私はピアノだった。

そして最初は、父の愛を求めた……。

ざわつく心と、その痛みに耐えながら、私はやはり、黙って話を聞き続けた。

「ですが、そんな香華様に、千国の国王との縁談話が持ち上がりました。常風国の帝は一の姫を手放さず、二の姫である香華様に、その役目を背負わせたのです」

「それは、いくつの時のことですか？」

「十二の時のことです。本来、その役目は重圧でしかないのですが、香華様はとても嬉しそうでした。やっとこの国のために、父君のために役に立てる、と。そして……嫁ぐ先の、まだ見ぬ王に、想いを馳せておられました」

それから、約四年の間、香華妃は徹底的に、異国の王に嫁ぐ厳しい教育を施される。

それは決してロマンチックなことばかりではなく、時に残酷なふるまいと、いざという時の対処法についても教えられたという。

そう。この教育こそが、まず第一に香華妃を狂わせたと、梨杏さんは指摘する。

「常風国は、周辺国の王に妃となる女を送り込み、国を乗っ取って大国となった歴史があります。そして、かの国は、千国とは比べものにならないほどの人口と、土地を持っている。しかし千国もまた、開けた東の貿易港を持つ国家として、独特の立ち位置を確立し、常風国と上手く渡り合ってきました」

「ええ……」

「ですが、常風国の前帝、要するに香華妃の父君は、そろそろ千国を手中に収めてもよいのではないかと考えておりました。そこで、香華妃に、大きな役目を担わせるのです」

「千国の王の男児を産み、次期国王にすること、ですか？」

「ええ、そうです」

梨杏さんは、深く頷く。

「ですが、そのようなことは、千国も百も承知でした。先代国王は、香華様を警戒し、決して、愛そうとはしなかった」

「………」

「香華様は、たとえそのような役割を背負っていても、この国に来れば自分を愛してくれる人がいるはずだと、温かく幸せな日々が待っていると、信じていたのです。ですが、ここでも、あの方は誰にも愛されませんでした」

また、ズキンと心が痛んだ。

あの人の孤独は、どこか私に似ていると思ったけれど、そうではない。

新しい世界、新しい国に来ても、あの人は、誰にも受け入れてもらえなかったのだ。

私と違って、救ってもらえなかったのだ。

「おかわいそうな、香華様。国王は正王妃として嫁いできた香華様を蔑《ないがし》ろにし、側室ばかりを寵愛しました。大臣の娘の側室は第一王子を設け、次期国王候補を産んだことで地位を確固たるものにした。この時の絶望と、香華様の無念の涙を、私は忘れておりません……っ」

ぐっと、握りこぶしに力が籠もる梨杏さん。

その後、国王は立場を考えてか香華妃のお宮にも通い、香華妃は男児を授かる。第二王子である左京様だ。

自分の息子である左京様だけが、彼女の希望となったのだ。

「しかし、その後、国王は香華様の元へと通うことはなくなりました。国王は、新たな寵姫に夢中になったからです。一番地に住んでいた、貧しくも美しい娘……絶世の美女と言われ、国王が見初《みそ》め、側室の地位を与えられた。これが何より、香華様の尊厳を傷つけたのです」

「それは、なぜです？」

「なぜ、って？　当然でしょう。王妃になるための厳しい教育を受けた自分より、何も知らずに重責もない一介の娘が、国王に愛されたのだから。ただ、美しいというだけで」

「………」

その嫉妬の感情は、正王妃を猛烈に狂わせた。

紫衣《しい》妃に濡《ぬ》れ衣《ぎぬ》を着せたり、毒を盛って暗殺しようとしたり、手の者に襲わせたり……あからさまな嫌がらせを、あからさまにやり続けた。

だが、何をしても、国王が自分の元へと来ることはなかった。

ただそこに残ったのは、自分に愛想を尽かした王と、自分の悪評ばかり。

香華妃の、紫衣妃への嫌がらせは、それでも止むことなくエスカレートしたという。

第一側室と違い、王の寵愛を受けているというだけで紫衣妃に政治的な後ろ盾はなく、香華様の嫉妬を、その身一つで受け止めてしまう。

最後は皮膚を溶かす毒を浴び、顔や体を爛《ただ》れさせ、やがて感染症にかかって亡くなった。

紫衣妃が亡くなると、その嫉妬の対象は透李王子へと移った。紫衣妃に似て美しい透李王子が気に入らなかったのだろう。

これ以上は香華妃自身の身を滅ぼすことになると悟り、梨杏さんは香華妃の暴走を止めようとした。しかし彼女の助言があっても、香華妃は悪行を止められなかった。

嫉妬の心は膨らみ続け、最後はもう、左京王子を王にすることだけが、彼女の生きる意味となる。

だがその願いが暴走し、結果的に、息子である左京王子にも裏切られた――

「息子である左京様が自分を裏切り続けていたという事実にも、大きく打ちのめされたことでしょう。香華様は、息子にすら、愛想をつかされた」

「…………」

悲しいため息をついて、梨杏さんは、見えない目から涙を流した。

「香華様の罪がなくなるわけではありません。あの方を止められなかった私にも大きな責任があります」

そして、彼女の手を握り続けた私の手に、その額を埋《うず》める。

「ですが、どうか、信じていただきたい。最初から、あのような傲慢《ごうまん》で残酷な妃だったわけではないのです……っ」

この人にとって、香華妃は未だ、窓辺で寂しい歌を歌った、孤独な姫のままなのだ。

そしてその姿こそ、私たちの知らない、香華妃。

正王妃と呼ばれた、千国の歴史に刻まれるであろう悪妃。

彼女のやってきたことは一つも許されない。だが……

何か、一つでも、ないのだろうか。

あの方がこの国で遂げたい、最後の、本当の、願いごと。

第六話◆山茶花の君（下）

それからも、香華妃《こうか》のもとを何度か訪れた。

楼閣《ろうかく》を訪れる度、話しかけたり問いかけたりしてみたが、冬が深まるほどに彼女は心を閉ざし、私と言葉を交わす回数も減っていた。

日によってはヒステリックに怒鳴り、日によっては寝込み続け、日によっては窓辺でずっと泣いているような、不安定な日々が続いていたのだ。

あのような姿を見ていると、流石《さすが》に哀れで仕方がなく思うが、それでもやはり、彼女は罪人である。

彼女に傷つけられた者たちのことを思えば、ここで生かされているだけでも許せないと思うだろう。哀れに思うことこそ、許せない、と。

だけど、ここへ通い続ける私も、精神的にキツいものがある。

塔の高い場所に閉じ込められ、死刑以上の恐怖に晒《さら》されている彼女を見ているのは、辛い。

優しくすることも、厳しく当たることもできず、それでも私は、彼女の心の内側を探り、最後の願いを叶《かな》えなければならない。

それはほぼ、期日の迫った強制的な願いの成就。

青火陛下《せいか》にとっての復讐《ふくしゅう》であるのだから、間違いではないのかもしれないが……

香華妃は愚かな妃《きさき》ではあったが、馬鹿ではない。

青火陛下に屈するつもりなどないだろうから、自分の願いなど口にしたくないだろう。

しかしこのままでは、香華妃の心が保《も》たないだろう。

刻々と、送還の日は迫っているのだから。

零《れい》先生に相談すると、不安定な精神状態が続く香華妃には、体の気の流れを整え、精神を安定させる特別な仙薬《せんやく》を飲ませるとよいと言って、用意してくださった。

これはまだ、先生にしか作れない〝十五宝玉仙茶〟。

あのもふもふ可愛《かわい》い豆狛《まめこま》たちの額から取れる石を粉状にしたものに、高位の仙人の仙術をかけ続け、十五年ほど寝かして出来上がる粉末のお茶だ。

私はその粉末を、香華妃が就寝する前に飲む白湯《さゆ》に、日々、溶かしている。

ちなみに〝十五宝玉仙茶〟の粉末を溶かし入れると、お湯がうっすらと色づくのだが、その色で、元となった豆狛がどの子なのかわかったりする。ああ、あの子の額の石から作られた十五宝玉仙茶だなーと考えてほっこりする。そのくらいしか、癒しがないとも言える。

香華妃がそのお茶を飲んだ時は、精神的に落ち着きが見受けられたが、時々飲まずに私に向かって茶器を投げたりもした。

だけど徐々に、このお茶のおかげで心の平穏を取り戻したのか、時折少しだけ話をしてくれるようになる。

「愛されなかった女の末路が、これか」

だいたいこういう、ネガティブな皮肉から、香華妃との会話は始まる。

窓辺の簡素な椅子に座り、いつも片方の口の端を吊り上げている。

そして、薬園《やくえん》で咲いていた山茶花《さざんか》の花の一輪挿しを机に飾る私を、流し目で捕らえる。

彼女の視線は、たとえ煌《きら》びやかで豪勢な衣に包まれた姿でなくとも、十分に鋭さと威厳を帯びていた。

私はそれに怯《ひる》んでしまわないよう、どこか身構えている。

「ふふっ。お前のように誰からも愛され、頼られるような娘に、わたくしの気持ちはわかるまい。……どんなに想っても、王がわたくしを見てくださることはなかった。最後の最後まで」

王とは、先代国王のことだ。

「あなたは、王をちゃんと愛していたのですか？」

「……意外というような顔をしておるな、千歳《ちとせ》。わたくしとて恋に恋する、純粋な少女の時代があったのだ。今では、誰も、信じないだろうがな」

もう一口、香華妃は仙茶を啜《すす》る。

「わたくしは、常風国《じょうふうこく》の皇帝の六番目の娘。千国へと嫁がされたのは、わたくしが一番、要らない姫だったからだ」

梨杏《りあん》さんに聞いた話を思い出す。香華妃のお母上は常風国の国王の寵姫であったが、香華妃を産んだことで亡くなった、と。

息子でもなければ、妻に似た長女でもない。

王にとって最も無関心で、必要のない娘だったから、千国《せんこく》へと嫁がされた。

その時、重要で残酷な、一つの任務を命じられて。

「千国の王の息子を産み、新たな王にすること。それが、わたくしが父上に命じられた唯一の使命であった」

それは、梨杏さんにも聞いた話とも同じ。

「しかしわたくしは、この時、常風国のために生きるつもりはなかったのだ。異国の王に嫁ぎ、その国のため、王のために、命を全うするつもりであった。父を裏切ってでも」

「え……」

その話は、初めて聞いた。

視線を落として話を聞いていた私は、ゆっくりと顔を上げる。

香華妃は窓の向こうを見つめ、もう私の方など見てはいないけれど。

「馬鹿な女。王に嫁げば、きっと、当たり前のように愛されると思っていた。我が母のように。我が母のように」

瞬《まばた》くことなく、同じ言葉を繰り返す。

「我が母のように、やっと、誰かに……と。そう、陳腐な恋の物語を信じていた」

四角い窓を、小鳥たちが横切る。青い空を、自由に飛んでいる、白い鳥。

幼い頃の香華姫もまた、この青空の向こう、海の向こうの国に、自分の居場所があるのだと信じていた。

だけど、小さな希望は、異国の地でも潰《つい》えてしまう。

正王妃として迎え入れられながら、香華妃は夫となった千国の王に警戒され、妻として愛されず、蔑《ないがし》ろにされ続けた。

最初に男児を産んだのは、大臣の娘であり側室の美麗妃《みれい》。

そして、国王が誰より愛したのは、庶民の出の娘である紫衣妃《しい》。

それを改めて、香華妃の視点で考えてみると、少しばかり、いやかなり、胸が痛い。

「わたくしは、陛下にとっても、最もどうでもいい妃であった。我が父にとって、最もどうでもいい娘だったのと、同じように」

愛されない自分が情けなく、哀れで、寂しかった。

だけど、それは自分が悪いのだろう。自分に魅力がないからなのだろう……

そんな劣等感が、この目を通してひしひしと伝わってくる。

伝わって、きてしまう。

そしてその劣等感や、愛されたいという渇望は、のちに歪み、周囲への憎悪に変わったのだった。

「国王の関心を引きたくて、多くの悪事に手を染めたものだ。わたくしは王に嫌われ、憎まれてでも、お叱《しか》りを受けたかった。王がわたくしのことを考え、見てくれる時間を得たかった」

「…………」

それはまるで、子どものいたずらであるかのようだ。

子どもの頃にそれができなかった彼女は、力の加減を知らなかった。

「だがな……あれほど悪事を働いたのに、お叱りなどなかった。そんな時間すら惜しいと言うように、あの方は負の感情すら、わたくしに向けてはくださらなかった」

そのせいで、彼女の感情はますます拗《こじ》れた。

香華妃は嫉妬に狂い、立場が弱く、王の寵愛を一身に受ける紫衣妃を虐《いじ》め抜いた。

だが、紫衣妃のため王が何か注意をしてくるだろうと思っていたのに、それもなかったから、気がついてしまった。

常風国から嫁いだ妃である自分は、ある意味で、王より強い立場にいる。

自分を罰することが、王にはできない――それが、さらに、歪みを生んだ。

王宮では常風国の存在を盾に、横暴で勝手気儘《きまま》、それでいて残酷な王妃としてのさばっていく。おそらく常風国サイドの人間から、裏で利用されてしまった側面もあるのだろう。

悪逆は徐々にエスカレートしていって、終《しま》いには、紫衣妃に毒の入った花瓶を運ばせ、足を引っ掛けて転ばせた。

割れた花瓶から出てきた毒は、皮膚を溶かす異国のもの。紫衣妃は激痛にもがき、見るも無残な姿で死んでいったという。

それでも王が、香華妃を叱ることはなかった。

それこそが復讐だとわかっていたからだ。

香華妃は、自らの息子である左京《さきょう》王子を、のちの王に立てることだけに執着していく。そのせいで、嫉妬の炎は青火王子や、蝶姫《ちょうき》様にも及び、王宮は更なる熾烈《しれつ》な王位争いを巻き起こすことになる。

「わたくしを、軽蔑《けいべつ》するだろう？　千歳」

「……ええ。当然」

同情も哀れみも、一切見せることなく、冷たく言い捨てた。

自分の母をそのように殺されたトーリさんの心の痛みを思い、体が怒りで熱くなる。

一方で、私はこんな感情を抱きながら、この人に歩み寄れるのか、願いを知ることができるのか、不安も過《よぎ》った。

香華妃はそんな私を見透かしているのか、フッと鼻で笑う。

「ならばもう、わかったであろう。わたくしには最後に叶えたい願いなどない。あったとしても、叶えようがない。時間を巻き戻すことはできないのだ。たとえ、異界人のお前でもな」

「…………」

時間を巻き戻すことはできない。

その言葉が、全てだ。

香華妃には、欲しいものがたくさんあった。

だけどどれも、もう、手遅れな願いばかり。

香華妃の最後の願いを叶えるということが、どれほど残酷で、無意味で、困難な任務であるのかがわかった。ただ、それだけ。

だけど、たとえば時間を巻き戻せるならば……

いったいどこからやり直せば、彼女はこんな極悪非道な王妃にならずに済んだのだろう。

窓辺から、外を見てばかりの、小さなお姫様。

そんな時代が、確かに彼女にあったはずなのだ。どこかに分岐点が、あるはず。

「あ……」

その時、ふとあることを思い出す。

「あなたは、歌がお上手だったと聞きました。梨杏さんに」

「梨杏に？」

香華妃の顔色が変わった。

梨杏さんの名前を出したからだろうか。それとも、歌が上手だったという点に、何か特別な感情が揺り動かされたのだろうか。

しかし特に声音を変えることなく、彼女は答えた。

「確かに、歌はよく歌っていたとも。王宮の塔の上で、こんな風に窓から外を見つめ、いつか自分の夫となる異国の王に向けて、小さな、恋の歌を」

「恋の歌、ですか？」

「ああ。常風国の有名な民謡『月の峠』だ」

私の、知らない歌。

だけどそれは、常風国では誰もが知る、遠い場所に旅立つ恋人を想って歌う、恋の歌だという。

「歌を歌う以外の心の拠り所など、幼い姫のわたくしにはなかった……」

遠い昔のことを思い出すように、香華妃は目を細め、ポツリポツリと呟《つぶや》く。

「窓辺で歌を歌い、空想し、夢を見た。いつか本当に、この恋の歌を王が聞きつけ、こんな塔から連れ出してくれるのだろう……と……」

自分でそう言いながら、じわじわと、香華妃は目を見開く。

私はそれを見逃すことなく、確信した。

「それが、あなたの、願いですか？」

「………………」

香華妃は、震える手で口元を押さえていた。

無意識のうちに、幼い頃の記憶と感情が蘇《よみがえ》り、彼女の本当の願いを、導き出した。

だけど、それを信じたくないのか、

「うるさい！　こんなもの、願いでも何でもないわ！」

そう言って、机の上にあった山茶花の一輪挿しを払い落とし、花瓶の割れる音が響く。

「出て行け！　出て行け余所者《よそ》め！　異界人などこの世界から消えていなくなれ！　なぜお前のような余所者が必要とされ、わたくしが消されねばならぬのだ！」

私に散々なことを言って、追い出そうとする。

だが、その態度こそが、本心を言い当てられたことへの焦りと戸惑いの証《あかし》だ。

自分が隠し続けた心の内側を探り当てられ、大きな不安と、惨めな感情を隠しきれずに、突っ伏して泣いている。

私はもう何も問わずに、楼閣を出た。

「だけど、やっと少しだけ、あなたのことが、わかった気がします。香華妃」

話で聞くだけでは感じ取れない、彼女の本望の一片を見た。

ならばもっと、もっと確かなことを、私は知らなければならない。


一度王宮を出て千華街《せんかがい》に下り、水仙堂《すいせんどう》にいるはずの蓮蓮《れんれん》を探した。

「わっ、千歳先生⁉　今日は王宮に行くって言ってなかった？」

ちょうどお客のいない時間帯で、蓮蓮はカウンターでうたた寝をしていた。

それをなんとか誤魔化していたが、私は彼女を叱るより先に、

「蓮蓮、少し聞きたいことがあるのですが、いいですか？　常風国の『月の峠』という民謡を知っていますか？」

蓮蓮はキョトンとして、目を二度ほど瞬《しばた》かせたが、

「月の峠？　もちろん、誰でも知ってる歌だよ」

「ならここで歌ってください」

「ええええっ⁉」

我ながら無茶振り。

蓮蓮は素っ頓狂な声を上げ、とても恥ずかしそうにしていたが、ゴホンと咳払《せきばら》いをしてから、その場で歌い始めた。

音程にあまり幅はなく、同じようなフレーズが繰り返される。

ゆったりとしている優しいメロディーだ。それに……

「蓮蓮、あなた……ちょっと音痴ですね？」

「あーもう。だから歌いたくなかったんだ！」

顔を真っ赤にして、拗《す》ねてしまった。彼女はイマイチ音程を取るのが苦手なよう。

だけどそんな蓮蓮の手を引いて、

「では、今から王宮に来てください蓮蓮！」

「えっ、水仙堂は⁉」

「あなたは居眠りしていて気がつかなかったかもしれませんが、もう閉店の時間です」

「あ、そうか」

こういうところが、まだ少しだけ抜けている蓮蓮。

私は呆《あき》れた笑みを零《こぼ》して、

「まあいいでしょう。今からもっと詳しく旋律と歌詞を教えてもらいますからね」

私は今一度王宮へ。蓮蓮を王宮へ入れる手続きに手間取ったが、なんとかピアノの置かれた薬園楼閣へと向かう。

「うっわああ。これが青焔《あおほむら》⁉ 聞いてたよりキラッキラしてるんだね。うわっ、まとわりついてきた」

「蓮蓮、はしゃいでないで。こちらに来てください」

「うっわああ。うっわああああああ。それがピアノってやつ⁉ 千歳先生、そんなでっかいの弾けるの⁉」

蓮蓮は初めて見た青焔や、巨大なグランドピアノの存在に圧倒されて、またはしゃぎまわっていたが、私が「ごほん」と咳払いすると、素直に傍らに立ってお澄まし顔になる。

私は薬園楼閣でピアノを弾きつつ、蓮蓮に正しい旋律を教えてもらうことにした。

『月の峠』の楽譜を作るためだ。

蓮蓮は、旋律と歌詞をところどころ忘れていたり、間違っていたりしたのだけれど、薬園

楼閣にいた薬師《くすし》や庭師の中にも常風国出身の人がちらほらいて、

「おや、月の峠かい？」

「懐かしいなあ〜」

この曲を弾き始めたら周囲にわらわらと集まってきたので、色々な人に教えてもらうことで、正確なメロディーと歌詞を把握できたのだった。

この曲を正しく弾けるようになった頃には、もう夜だった。

ちょうど、水晶で作られたこの楼閣に、月の光が差し込む頃。

常風国出身の人たちは皆、生まれ育った故郷を思い出し、涙を流しながら、私の弾くピアノの音色に聴き惚《ほ》れていた。

やはりこの民謡は、かの国の人々のすぐ側《そば》にあった、大切な歌なのだろう。


翌日、私はまた王宮を訪れ、広い敷地内で人を探していた。

その人はちょうど、右殿を出て中央の大黒殿に向かっているところだった。

「透李《とうり》殿下っ！」

「え、千歳ちゃん？」

私が探していたのは第三王子透李殿下、もといトーリさんだ。

トーリさんは、この王宮で私から声をかけてきたことにとても驚いていた。

「どうしたんだい？　王宮じゃあ、俺に声をかけてくれることなんてほとんどないのに。むしろ俺を避けてるくらいなのに」

「い、いいえ、避けているだなんてそんな……っ、お忙しいかなと思って、遠慮しているだけですよ！」

私が慌てて弁明すると、トーリさんはいたずらっぽく笑って「わかってるわかってる」とか言う。そしてその綺麗《きれい》な顔で、私の顔を覗《のぞ》き込む。心臓に悪い。

「で、どうしたの？」

「お尋ねしたいことと、お頼みしたいことがあるのです。透李殿下にしか頼めないことで……っ、その、どこかでお時間貰《もら》えますか？」

「ん？　今からでもいいよ」

「そんな、お仕事中では!?」

「大丈夫大丈夫。ちょうど一段落ついたところだから」

とはいえ、周囲を行き来する役人たちの視線が痛い。

私たちの関係を気にしているのだろう。私とトーリさんのことって、そこそこ知られているみたいだから。

「ここじゃ何だし、こっちに来て」

「あ」

トーリさんは私の手を引き、広い王宮の一区画、王族以外立ち入ることのない神聖な竹林に私を招く。

「だっ、ダメですよトーリさん！　ここ、王族以外立ち入り禁止でしょう⁉」

「大丈夫大丈夫。千歳ちゃんはもうすぐ王族だし」

「な……っ」

爽やかな笑顔でなんと押しの強いことを。

私はまだ、トーリさんに対し正式な返事をしていないが、トーリさんにとって私が妃になるのは、もう決定しちゃってるのだろうか。

私は顔を真っ赤にしながら、もうトーリさんに手を引かれるがまま、おとなしく彼についていくしかなかった。

そんなこんなで、厳かな空気の漂う竹林の奥へと進むと、ひっそりと佇《たたず》む、装飾の見事な古い霊廟《れいびょう》があった。

「ここ、王族の墓なんだ」

「え……」

「だけど、こっち。見てごらん」

トーリさんは霊廟の傍らに植わっている、葉を全て落とした大きな老木の根元まで歩む。

私もまた、彼の傍らに立った。

老木の根元には、墓標が立っている。

そこに書かれた名前に、私は胸を抉《えぐ》られるような衝動を得る。

「ここは……紫衣妃の、トーリさんのお母上のお墓なのですね」

「そうだ。母上は、体に特殊な毒を浴び、苦しみながら死に至った。子どもの頃の俺は、その様子を見ていたのに、何も助けてやれなかった」

表情に変化はなくとも、握り締められた拳は小刻みに震えていた。

トーリさんの、今もまだ煮えたぎる悔しさが、伝わってくる。

「あの人は、千華街の一番地の出身だった。とても身分が低く、しかしその美しさと気立てのよさが評判の娘で、たまたま千華街を視察していた王の心さえ奪った。王宮に召し上げられ、王の寵姫として大切にされながらも、正王妃の怒りと嫉妬を買い、あんな悲劇的な最期を……。何も悪いことなどしていない、優しい王妃だったのに」

トーリさんはゆっくりと屈《かが》み、墓の前の土を僅かに摘《つま》んで、それを額につけた。

これは、千国特有の、墓に参る儀式のようなもの。

私もまた、彼の隣で同じように土を摘み、額につける。

「遺体は……見るも無残な姿だった。毒に侵された遺体を王族の墓に埋葬する訳にはいかないと、母上だけ、こんな場所に葬られた」

「そう、だったのですね」

「でも、母上は最期に密かな願いを叶えた。王族の墓に入りたくないと、ずっと言っていたから。庶民の出の妃を仲間外れにしてやった気でいる者もいただろうが、母上は自由を手にしたんだ。……あの人は、きっと、王宮になんて嫁がない方が幸せだった」

「…………」

トーリさんの中に燻《くすぶ》り続ける、母の不幸な死。

それがあったからこそ、彼は私を、本当は王宮の妃になどしたくなかった。

話を聞けば聞くほど、その感情は理解できる。トーリさんの優しさも……。

「先王が、紫衣妃をここに埋葬したのでしょうか」

「うん。先王と母上は、桜の花が咲く頃に、よくここで二人の時間を過ごしていたみたいだからね。……だけど、母がここに埋葬されてから、この桜の木は花を咲かせていないんだよ」

「それは、毒のせいですか？」

「わからない。だけど、この桜の木って千国にもともとあったものじゃなくて、千国の初代国王が、日《ひ》ノ本《もと》ノ国からもたらしたものだって言われてるんだ」

「私の、世界の……」

「そう。だから何か、意味があるのかもしれない。桜の花を咲かせない理由が」

私は今一度、その老木を見上げる。

この国でも桜を見ることはできるが、異国の桜となると、まるで別物のように思える。

それに、私と同じ故郷を持つ桜。

もう二度と帰ることのできない、この地に根を下ろした桜だ。

私はその桜の木の幹に触れる。

——ねえ。あの世界を、覚えてる？

なんとなく心の中で、問いかける。

すると、驚いたことに、見上げた枝の一つに、ポツンと桜の蕾《つぼみ》が膨らみ、こんな冬なのに小さな花を咲かせた。

「わっ、すごい。さすがは千歳ちゃん。花を咲かせるのは得意だね」

「い、いえっ！　これは、何でしょう。どういう仕組みなのか私にはよくわかりません」

そもそも、咲いたのはその一つだけだし。

青焔のように、派手な咲き乱れ方はしない。ただトーリさんは凄《すご》く喜んでいて、小さな冬の桜の花を、愛おしそうに見上げていた。

どうして、花が咲いたのだろう。

私の仙力《せんりょく》がそうさせてしまったのだろうか。それとも私の問いかけに、何かの答えのようなものを、くれたのだろうか。

その後、桜の木の根元に座り込み、私たちは少し話をした。

「トーリさんは、前正王妃を……香華妃のことを、恨んでいますよね」

「そうだね。うん、許すことはできないと思う」

迷わずそう答えた、トーリさん。

先ほどのトーリさんの話を聞いていたら、誰だってそう思うだろう。

例えば自分の大事な人がそんな風に殺されたら、一生、何をどう償っても、許すことはできないだろう。

それでもトーリさんは、憎悪をぐっと押さえ込んで冷静でいる。

「私、今から、トーリさんにとって許せないようなお願いごとをするかもしれません」

「うん。いいよ」

「私、青火陛下から前正王妃である香華様の、願いを聞くように言われています」

「うん。知ってる。兄上に聞いているから」

「それで、彼女の最後の願いに、先日辿《たど》り着きました。あの方は先王に、自分の歌を聴いていただきたいのです」

「……歌？」

トーリさんの声音のトーンが少し下がった。

「ええ。あの方はこちらに嫁いでくる前、『月の峠』という歌を、塔の窓辺から歌い続けたようです。千国の国王に、思いを馳せて」

「…………」

トーリさんは何も答えない。私は少し間を置いてから、話を続けた。

「隠居された先王は、香華妃にはもうお会いになられないのでしょうか」

「先王は、とても寡黙な方だった。そして、様々なしがらみに苦しんだ人。決して強い王じゃなかったけれど、母上のことを、心から愛していた」

「……ええ」

「母上があのように亡くなり、怒り以上に悲しみにくれたのはあの方だ。常々、香華妃とは必要以上に顔を合わせたくはないと言っていた。人として嫌悪していて、憎んでいて、今も多分……許してはいないだろう。きっと誰も、許せない。あの人がどんな過去を持っていたって」

当然だ。愛するものを、理不尽に奪われたのだから。

「千歳ちゃんは、もしかして、先王と香華妃を会わせたいのかい？」

私の話から、トーリさんはすぐに勘付く。

私は迷いながらも、控えめな口調で、

「……難しいことだとは、重々承知しております。差し向かいで聴いていただく必要はないのです。どこからか、香華妃の歌を聴いていただけたら、と……」

それは、香華妃が心のどこかでやり直したいと思っていた、人生の分岐点。

彼女の犯した罪が消えてなくなることはない。だけど、幼い姫が抱いた淡い恋心と、歌に乗せたひたむきな想いだけは、知ってもらいたい。

香華妃と〝最初〟から向き合おうとしなかった、先王に。

「申し訳ありません。トーリさんに、このようなお願い。……私、最悪です」

トーリさんにとって、仇《かたき》のような人の願いを叶えたいと、私は言っているのだ。

だけど、それを叶えるために、トーリさんの力を頼らなければならない自分が、歯がゆかった。

膝を抱え、俯《うつむ》く私の葛藤に気がついたのか、トーリさんが私の肩を抱き寄せ、まるで慰めるように摩《さす》ってくれる。

「……大丈夫だよ。俺に全部、任せておいて」

穏やかで優しいトーリさんの声音に、ホッとして涙が出そうになる。

難しい提案だったと思うのだが、トーリさんが協力してくれるというだけで、なんとかなるのではないかと思える。力が湧いて出てくる。

トーリさんはますます頼もしく、それでいて温かい。

かつて、ここで、先王と紫衣妃も、同じように身を寄せ合ったんだろうか。

こんな風に穏やかな時間を、もっとずっと、過ごしていたいと、思ったのかな。


それから私は、トーリさんと共に、様々な段取りをした。

そして冬の終わりの、よく晴れた日の夜、作戦を決行することにする。

その日は、満月だった。

そして、香華妃がこの千国で過ごす、最後の夜だった。

香華妃は、こんな日でもやはり、石の楼閣の最上階の窓辺で、月を眺めていた。

私はそんな香華妃に、いつも出す茉莉花《ジャスミン》のお茶を淹《い》れて、

「それでは、今夜は失礼します。香華妃」

「ふふっ。わたくしの願いを叶えられず、そなたの任務は全うできなかったのう、千歳」

香華妃は小気味よく笑い、そのお茶を啜って、皮肉を言う。

だけど、私は柔らかく目を細め、

「そうですね。なので敗北ついでに、私から贈り物があります。ぜひ、受け取ってくださいね……」

私がそう言い終わるか終わらないかの時、彼女の持っていた茶器が床に転げ落ちた。

香華妃は、抗《あらが》えない眠りに落ちていたのだった。

キラキラ……キラキラ……

「ここは……」

「ここは、薬園楼閣の青焰の園ですよ」

深い椅子に座ったまま、目覚めたばかりの香華妃。

久々の開放的な空間と、清々《すがすが》しい空気に、最初こそぼんやりとして状況を受け入れられずにいたが、やがて形相を変えて私に凄む。

「なぜ、わたくしをこのような場所に連れてきた！　わたくしのもっとも嫌いな場所に」

そう。ここは、香華妃にとって最悪の場所。

私とあなたが、初めて対面した場所ともいえる。

「落ち着いてください。これは夢ですよ」

「夢？」

「ええ。あなたはまだ夢を見ているのです。あなたは、あの楼閣からは決して出られない。そうでしょう？　私、あなたにそういう夢を見させる、零先生の仙薬を飲ませたのです」

私の言葉に、香華妃は強張っていた表情を徐々に柔らかくさせ、

「ああ、なんだ、夢か」

と、思いのほかあどけない答え方をした。

零先生の仙薬であれば、そのような効果をもたらすものもあるだろうと、自然と受け入れたのだ。

夢であるならば、まあ、いいか、とでも言わんばかりに、この青焔の園を見渡す。

「夢だと思えばこそ、ここは美しい場所だ」

「ええ、そうです。ここはとても美しい場所なのです。少し、私のピアノを聴いてくれますか？」

「現実であったなら、確実に拒否するところだ」

「夢ですから、いいでしょう？　私からあなたへ、贈り物です」

「……まあ、よかろう」

ため息交じりに、彼女は頷《うなず》いた。

この〝夢の中〟では、どこか素直で、純粋な目をした香華妃。

「……すう」

私は、植物たちが呼吸する澄んだ空気の中、ピアノの鍵盤に手を置いて、その曲を弾き始めた。

常風国の民謡『月の峠』。

その音色は、とても優しく柔らかい。

異国の民謡らしい旋律で、本来は弦楽器で弾くのが定番らしいが、ピアノで弾くのはこの世で私が一番最初だろう。

なんて思っていたら、ほら、この曲に誘われて、青焔の花々が目を覚ます。

月明かりの差す空間に青い輝きを撒《ま》き散らし、それが音楽に合わせてくるくると舞う。

香華妃は、この幻想的な景色を、ぼんやりと見つめる。

それこそまるで、夢を見ているかのように。

「そう……この青の輝きが、わたくしの人生を狂わせた。この青の輝きが、わたくしから多くのものを奪ったのだ」

ポツポツと言葉を零す。

だけどそこには恨みつらみよりも、ただ現実を羅列し、なぜこうなってしまったのかを問いかけるような、自分自身に向けた疑問が含まれている気がする。

「ですが、あなたの歌が、この青の輝きを一層煌めかせることだってできるのです」

「できはせぬ。そなたとわたくしは違う」

「では、できないということを証明して見せてください。そしたら私の、完全な負けです」

「………」

「夢の中なのですから。最後にあなたの歌を聴かせてくれてもいいでしょう？」

私は、ここが夢であることを強調した。

ここは静かな、私たち以外誰もいない、月のテラス。

植物に囲まれたコンサートホールだ。

「まあよい」

香華妃は何を思ったのか立ち上がり、壇上へと上がる。

「一度でいいから、こんな広々とした場所で、思い切り歌ってみたかったのだ」

これもまた、彼女が隠し続けた、願いの一つだったりするのかな。

そして、ピアノの旋律に乗って、香華妃は歌い始める。

「月の峠……月の峠……」

そう。常風国の民謡『月の峠』である。

月の峠　月の峠
月の峠を目指してあなたは行く
私を置いて　夢を探す

それは、想像していたよりずっと、心地よく澄み切った歌声だった。

それでいて、訴えかけるような切なさと、深い感傷を帯びている。

ビリビリと鳥肌が立つほどの、確かな音程の中に、彼女は複雑すぎるその感情を全て込めているようだった。

高らかに響くその歌声に、心を深く抉られて、私はピアノを弾きながらも、壇上に立つ彼女から目を逸《そ》らすことができなかった。

香華妃に、人の心をここまで動かす力があったとは……

月の峠　月の峠
月の峠には山茶花の花が咲く
だけど雪が埋め尽くす

いつの間にか、私の目から涙が零れた。

鍵盤に、ポタポタと涙がこぼれ、目元がぼやけて仕方がない。

それでも香華妃の歌声は、この薬園楼閣に響き渡り続けた。私がピアノを弾くのを、やめない限り。

かつてないほど、青焔たちが歓喜し、水晶の薬園楼閣にて乱れ咲く。

私と香華妃が、決して相容れないはずの二人が、ピアノの音色とその歌声を通じて呼応し合い、青焔をこんなにも喜ばせている。

不思議な心地だ。まるで、お互いの感情をぶつけ合っているかのよう……

だが、ある時、彼女は歌うのを止めた。

「……陛下？」

青焔の花園を挟んだ向こう側に、老いた先王が立っているのを、彼女は見つけてしまったのだ。

私は、心を乱して歌うことを忘れた香華妃に、

「歌うのをやめてはいけません。ここは夢の中。先王は、あなたの歌を聴きに来たのですから」

「わたくしの、歌を？」

「ええ。あの方を満足させられるのは、あなたの歌だけですよ。あなたの全てを、歌に込めてください」

「…………」

香華妃は胸元に手を当てて、乱れた心を落ち着かせていた。

「あの方が、わたくしを、見ている……」

やがて香華妃は、途切れ途切れにも歌い始めた。

控えめだった声が、徐々に力のこもった歌声に変わっていく。

たとえ、夢の中の出来事だったとしても。

夢の中だと、思い込んでいたとしても。

彼女には、千国に嫁ぐと決まってから、ずっと夢見ていた光景があった。

その想いを、願いを、懺悔《ざんげ》まで、歌声に乗せて響かせる。

月の峠　月の峠
月の峠はまだ見ぬ故郷
あなたは眠り　いつか私も　そこへ行く

ええ、伝わっています。

全て、きっと、あのお方に……

私の涙が止まらないのは、それだけ、感情豊かな歌声に、感化されてしまっているからだ。

香華妃は、この瞬間だけは、ただこの千国に嫁ぐ前の、淡い憧れと希望を抱いた、純情な姫と同じ気持ちで歌っている。

もし、あの瞬間に戻れたならば。

もし、この歌声と共に、その想いを先王に伝えることができていたならば。

彼女はきっと、この千国の、良き正王妃になれただろう。

違う未来があっただろう。

だけど、この夢が覚めてしまったならば、香華妃を待つものとは、この世の地獄と同じ。

それが、彼女の現実。

人生の結果なのだ。


香華妃が目覚めたのは、翌朝のこと。

「………………」

「おはようございます。いい夢を、見られましたか？」

彼女はまた、あの石の楼閣の、最上階にある部屋に閉じ込められていた。

私は朝から、彼女に付き添っている。

「昨日、窓辺でお茶を飲んで、そのまま寝てしまったのですよ。よく眠れるお薬を、零先生からいただいていましたからね」

「……ああ。よく寝た。いい夢を見たよ」

そしてゆっくりと起き上がる。しばらく寝台の上で、香華妃はぼんやりとしていた。

まるで憑《つ》き物が取れたかのような、あどけない顔をして。

だが、彼女は現実をしっかりと見据えていた。

「いよいよ今日、わたくしは常風国に帰されるのだな」

「……ええ」

「千歳。お前はわたくしの願いを叶えることはなかった。お前の負けだな」

「ええ。そうですね。私の負けです」

私は笑顔で、あっさりとそう答える。

だけど、それでいい。あれは夢の中の出来事でいい……

「しかし、不思議だ。妙に清々しく、すっきりとしている。ただ一つ心残りがあるとすれば、左京のことだ」

「ええ」

「もう二度と、あの子はわたくしに会ってはくれないだろうが、この国で、真っ当に生きていてくれれば、それでよい」

香華妃は淡々としつつも、母心を滲《にじ》ませて、左京様について語った。

「あの子には、わたくしのせいで味方が少ない。千歳、そなたがもし王宮入りした際には、あの子の力になってやってくれ。……これが最後の願いということで、いいだろう」

「承知しました。香華妃様」

私はそれを、袖を合わせ頭を下げて、お引き受けした。

叶わなかった少女の願いが、完璧に叶ったとは言い難い。

だけど、あの頃の純粋な感情を思い出した今、香華妃は冴えた感覚で全てを悟っていた。

「言っておくが、そなたに感謝などは伝えぬ。そなたのことは、最後まで嫌いだ」

「ええ。光栄です。私も……あなたを好きになった訳ではありませんから」

不思議な感情だ。

だけど、以前のように、遠い罪人のようには思えない。

あなたは、私が成り得たもう一人の私なのかもしれないと、思ってしまうから。

私とあなたの違いは、孤独の痛みに気づいて手を差し伸べてくれた人がいたか、いなかったか、でしかない。

愛に飢え続けると、人は、恐ろしい怪物になってしまう。

あなたのことを誰もが愛さず、許すこともなく、やがて忘れ去ってしまうのだとしても。

昨日のことは、奇跡のような〝現実〟だったと、私だけが覚えていようと思う。

そして、あなたのような妃がこの先一人として生まれないよう、私がそうなってしまわぬよう、戒めとしてあなたの存在を覚え続け、語り続け……

私は、人の孤独と痛みを拾い上げられる〝妃〟であり、〝薬師〟でありたいと思う。

私にその覚悟を与えてくれたのは、紛れもなく、あなたです。香華妃。

そしてこの日の夕刻。

先代の正王妃・香華妃が常風国へと送還された。

その際、もともと彼女の女官だった梨杏さんが、香華妃のお側にいたいと申し出て、ともにあの国へと帰国することとなった。

私は、旅立つその船を、小高い場所にある薬園から見送っていた。零先生と共に。

「香華妃は、これから、どうなるのでしょう」

「……それを考えるのは、やめておいた方がいい。お前はさっさと、自分のことだけを考えろ」

「…………」

だけど、きっと。

この瞬間、誰もがそれぞれの場所で彼女を見送りながら、彼女の未来について、考えているに違いない。

青火様も、左京様も、トーリさんだって。

香華妃の歌声に、どのような感情を抱いてたのかはわからないが、きっと、先代国王だって。

「さようなら、香華様……」

こうして、千国の歴史に名を刻むであろう悪の王妃・香華妃は、故郷である常風国へと帰っていった。

罪人として、かの国へと。

だけど、高らかに歌う、気高きあの方の姿が、今でも私の目に焼き付いている。

私の記憶に、深く、刻まれている。

第七話 ◆ 霞桜の君

春が訪れた。

薬園《やくえん》でも様々な花が咲き、ふんわりと柔らかな陽光が降り注ぐ、光と霞《かすみ》の季節。

何かの始まりの予感と、ふとした懐かしい気持ちがぶつかり合う、心ざわつく暖かな季節。

薬園で植物たちに水やりをしながら、時折感じる不思議な心地に目を瞬《しばた》かせていたら、珍しくトーリさんが訪ねてきた。

「まあ、どうしたんですかトーリさん!」

「千歳《ちとせ》ちゃん、こっちだよ。君に見せたいものがあるんだ!」

そして、私の手を取って、薬園から連れ出す。

零《れい》先生に何も言わずに出かけることになったが、トーリさんの見せたいものが何なのか、心ときめいている自分がいる。

こういうのが、春の魔力だ。

ほのかに甘い花の香りが、そうさせる。

そうして、関係者以外あまり立ち入ることのない王宮の裏口から敷地内へと入り、王族の霊廟《れいびょう》があるあの竹林へと向かう。

霊廟の傍らには、異界人のもたらした、私と同じ故郷を持つ桜の木が、見事な満開の桜の花を咲かせていた。

少し遠くから見ると、薄紅色の霞がかかっているようで、とても美しい。

「うわあ。今年は咲いたのですね！」

思わず手を合わせ、驚きと喜びの声を上げる。

「うん。なんだか、この時を待ちわびていたかのようだ」

そしてトーリさんは根元まで歩み寄り、ひらひらと舞い散る桜の花びらを手のひらで掬《すく》い上げ、それを私に見せてくれる。

「…………」

薄い色の小さな花びらが、この世で最も美しく、尊いものに思えた。

私はその花びらを、指で摘《つま》んで木漏れ日の方にかざす。

春のゆったりとした時間の中で、さわさわと揺れる桜の木の枝と花が、私に何かささやきかけているようだ。

ふと、トーリさんの視線に気がついた。

トーリさんは真剣な眼差《まなざ》しで私を見つめ、私に問いかける。

「千歳ちゃん。君は、選んだかい？　自分の未来を」

緩い風が、私の髪を巻き上げる。同時に、地面に散り敷く桜の花びらも、ふわりと舞い上がった。

私は髪を押さえながら、伏し目がちに頷《うなず》く。

「ええ。決めました」

それを見て、トーリさんは私の前に屈《かが》んだ。

「千歳ちゃん、俺の、妃《きさき》になってくれるかい？」

そして、私にその逞《たくま》しい手を差し出す。

私は一度目を閉じて、少しばかり、置いていく人のことを考えながら、

「ええ。私でよければ。透李《とうり》殿下」

瞼《まぶた》を上げ、その手にそっと触れた。

「私は、あなたの元に嫁ぎます。一年もの間、待ってくださってありがとうございました。これが私の答えです」

お互いに、恋をしていた。

だけど、気持ちが通じ合ってからも、ずっと待ってくれていた。私の気持ちが整うまで。

トーリさんは、この国の王弟だ。ジゼル王女との縁談以降も、よい話など、山ほどあっただろうに。

「トーリさんこそ、本当に、私でいいのでしょうか。私には、あなたの妃として与えられるものが少ない。他の妃たちと違って」

「何を言っているんだい、千歳ちゃん。君はもう、俺に多くのものを与えてくれたじゃないか。それに俺だけでなく、千国《せんこく》にとってかけがえのない人になっている。君は君が思っている以上に、尊い存在だ。だけど俺もそろそろ、焦り始めている。君が、多くの者に見つかってしまいそうだから」

トーリさんは立ち上がり、私の手をひしと握りしめながら、

「余裕ぶっているけれど、俺は、もしかしたら君はもう、俺の妃にはなってくれないのではないかと、不安だった。君は香華《こうか》妃の、哀れな姿を知っただろう。それでもなぜ、王宮に来ようと思えるんだい？」

「…………」

「どう考えても、零先生の元にいた方がいい。君は、そちらの方が、ずっと幸せかもしれない」

複雑そうな顔をしているが、それでも私のことを思って、はっきりと言う。

本当にそう考えている。

この場所に眠る、お母上の紫衣《しい》妃の最後を、彼は覚え続けているから。

だからこそ、トーリさんは以前、私を妃にすることを躊躇《ためら》っていたのだ。

「……そうですね。確かに、零先生の元は居心地がよいです。とても」

私もまた、素直にそう答える。

多分、私は、この先もあの人の背を追いかけ続けるだろう。

あの人のような薬師《くすし》になりたいと思い、憧れが、消えることなどないだろう。

「だけど、子どもはいつか、親元を巣立つものです。私は、玉玲《ぎょくれい》妃と、メグナミ妃、そして香華妃と関わる中で、彼女たちの生き様や、葛藤を知りました。そして、私にもまた、王宮でできることがあるのではないかと……王宮にこそ、自分の次の居場所があり、新たな挑戦ができるのではないかと思ったのです」

「千歳ちゃん……」

トーリさんの顔を見つめ、私は少し照れながらも、嘘《うそ》偽りなく真心を伝える。

「それに、何より、あなたのことが好きだからです。そのことを、忘れてもらっては困ります。あなたを支えられる自分になりたいのです」

これが、何より一番大切なこと。

想っているということを伝えるのは、簡単なようでとても恥ずかしいし、難しいし、機を逃すと永遠に伝えられないことだってあるけれど。

目の前に大切な人がいてくれるのならば、これからもずっと、伝え続けなければ。

千国で生きる私の人生に、後悔などいらない。

「トーリさん。いえ、透李様。あなたは、私を……愛してくださいますか？」

「……誓うよ。俺の妃は君だけだ。この先ずっと、俺の命が尽きるまで」

トーリさんは立ち上がり、しばらく私を見つめた後、頬にかかる黒髪を手繰り寄せながら、私の頬に手を触れた。

そして、感極まったような表情で、その唇を私の唇に重ねる。

「ありがとう、千歳ちゃん。俺を選んでくれて……っ」

かつて孤独だった王子様は、縋《すが》るように私を抱きしめた。

「……はい。トーリさん。共に幸せになりましょう」

私もまた、私を選んでくれたトーリさんに、深く感謝する。

初めて恋に落ち、好きになった人が、自分を選んでくれるなんてことは、きっと、奇跡に近いこと。

トーリさんの優しさや、愛情に甘えることなく、私もこの人を幸せにしたい。苦難すらも、分かち合いたい……

そして、この場に眠る、紫衣妃にも、心の内でお礼を述べた。

この世界にトーリさんを産んでくれて、ありがとうございます。

私は誓います。

これからは私が、この人を決して、一人にはしません。

だから、この先も、この桜の木と共に、私たちを見守ってください。

私たちがいずれ、共にこの場所で、眠るまで。


その日の昼下がり。

「あ、千歳先生」

蓮蓮《れんれん》がちょうど、水仙堂《すいせんどう》で店番をしていた。

今日は居眠りをしておらず、カウンターには、私が彼女に与えた初歩的な薬草の本が積み上がっている。

この時間はもう水仙堂は閉店しているが、蓮蓮はここで少し勉強をしてから、薬園へ戻るようだった。

「あれ、千歳先生？　顔赤いけど熱でもある？」

「いいえ。断じて」

蓮蓮は目敏《めざと》いが、一方で疎《うと》い。

私はゴホンと咳払《せきばら》いをして誤魔化し、勉強を頑張っている蓮蓮の肩に手を置いた。

「蓮蓮。あなたがここへ来て、もう少しで一年ですね」

蓮蓮は、私がいきなりこんな話をし始めたので、キョトンとしていたが、

「……そうだね。あたい、少しは千歳先生に近づいたかな」

しみじみ答え、目の前に広げていた薬草の本を閉じる。

そしてフッと苦笑して、蓮蓮は首を振った。

「いいや、まだまだ、だよね」

「ええ、そうですね。あなたはもう少し薬の勉強をして、もう一年後くらいに薬師の試験を受けなければ。それに合格してやっと、今の私に追いつきます」

「ちぇーっ。先は長いなー。お勉強、嫌いじゃないけどさー」

頭の後ろで腕を組み、天井を仰いで唇を尖らせる蓮蓮。

しかし、真に立派な薬師になるには、むしろ試験に受かってからが大変なのだ、と私は言う。国王に変な任務を負わされたりするし。

私もまだまだ、スタートラインに立ったばかり。

だけど、私はきっと、普通の薬師にはなれないだろう。王弟の妃という立場も、同時に選んだから。

「蓮蓮。あなたもいつかは薬園を……この水仙堂を、出て行くことがあるかもしれません」

「ですが、どうか、その日まで。零先生をよろしくお願いします」

蓮蓮と視線を合わせて、私はそう告げた。

私たちの瞳が重なり合い、お互いの〝気〟の流れと共に、感情を分かち合う。

蓮蓮は、何かを悟ったようだった。あどけない表情が、徐々に引き締まって、唇もぎゅっと結ばれる。

しばらくしてから、彼女は椅子の上であぐらをかいて、長く息を吐いた。

「そっか。千歳先生は、決めたんだね」

だけど、何度か頷いて、

「うん。わかっているよ。千歳先生がここにあたいを連れてきてくれたんだ。何も心配いらない。本当はもっと色々教わりたかったけど、別にずっと会えなくなる訳じゃないしね」

「ええ、そうです」

「なら、大丈夫。水仙堂と零先生は、あたいに、任せて」

どんと胸を叩《たた》く、蓮蓮。

立派な妹弟子を持ったものだ。

本当はもっと、蓮蓮と共に過ごしたかったが、彼女のことは零先生に任せ、また零先生の
「……え？」

ことは蓮蓮に任せよう。

多分、これからも彼女は頼もしい妹弟子であり続けるだろう。この先も、私は蓮蓮に私にしか教えられないことを教え、蓮蓮もまた、私の力になってくれるのだろう。

そんな、本当の姉妹のような未来が、見える気がする。

彼女が私たちの元に来てくれたことに、心から感謝する。


「零先生、零先生」

私は薬園に戻り、零先生を捜した。

今はとにかく、零先生に会いたかった。

伝えたかった。多くのことを。

だけど零先生は、家の中にはいなかった。裏の薬園に今一度出て、彼を探す。

「……先生」

零先生は、薬園にある古い鳥居を見上げていた。

私がこの世界に来た時にくぐった、鳥居。

零先生が鳥居を見上げる姿に、なぜだかぐっと、胸を締め付けられる。

今の私はここから始まって、今度はここから、旅立つのだ。

鳥居とはいつも、私を知らない世界へと連れていく、象徴だった。

ふと、零先生の足元を、あの〝黒ウサギ〟が横切った気がしたが、それが鳥居をくぐってしまったら、もう見えなくなる。

私をこの世界へと誘《いざな》った、あの黒ウサギが……

「千歳、何をぼさっと突っ立っている」

零先生は私に気がついていた。鳥居を見上げたまま、視線だけをこちらに向ける。

白い羽織を纏《まと》った、白髪の薬師。神秘的な出で立ちのまま、彼はずっとここにいる。

「先生。お話があります」

「言ってみろ」

「私、この家を出て行こうと思います」

「……ほお」

零先生はゆっくりとこちらに向き直り、少し間を置いてから、私に尋ねる。

「それでいったい、どこで何をする気だ」

「トーリさん……いえ、透李殿下の元に嫁ぎます。王宮の妃の一人でありながら、薬師でもあるつもりです」

「ふん。やっと自分の道を決めたのか、この安本丹《あんぽんたん》め」

零先生は笑った。しかしその目元には、一抹の寂しさが紛れているように感じられる。

「この辺りだったか」

そして、先生は薬園のある場所へと歩んでいく。

「お前が、この辺りで雨に打たれて転がっていたのを発見して、はや二年。いや、三年になろうとしているのか。月日が過ぎるのは早いものだ」

しみじみと、だけど淡々と語る、零先生。

私は僅かに顔を伏せながら、黙って、彼の話を聞いていた。その声を聞いていた。

私を励まし続け、私の存在を肯定し続けた、その声を。

「俺は最初、お前を弟子に取るつもりなどなかった」

「はい。知っています」

「お前がこの世界に来る前まで、俺は幾人もの弟子を取ったが、弟子たちは自由を求め、師匠への恩など忘れ、好き勝手にどこへでも行ってしまうからな」

「……はい」

「そして、勝手に、死んでしまう。それぞれの人生を全うして」

チクリと、胸が痛む。

零先生への恩返しもまだなのに、私もまた先生を置いて、ここから出て行くのだ。もっと危険な、混沌《こんとん》の渦巻く王宮へ……。

「だが、お前は最後まで俺の教えを守り、この家を出る準備をしてから、出て行くのだな。お前のような弟子は初めてだ」

僅かに、視線を上げる。

零先生は、出て行く私のことを、そのように評価してくださるのか。

「だって、私は、零先生に感謝していますから。零先生ほどの恩人は、いませんから」

ぎゅっと、膝辺りの服を握りしめる。

まだ泣いてはいけない。先生に伝えたいことが、山ほどあるのだから。

「先生は知っているでしょう？　私、あちらの世界では、居場所がありませんでした。親の愛に飢え、幸せになりたいという意思が弱く、がむしゃらに生き抜きたいという気持ちが……曖昧だった」

「ああ、もちろん。あの頃のお前は、なんというか、無色だった」

色のない自分。感情の表現に乏しい自分。

あの頃の自分を最近は忘れがちだが、本当に、存在の希薄な女の子だった。

現実に居場所がなくて、誰かに受け入れて欲しいのに、褒めてもらいたいのに、自分なんてという気持ちが先行して思っていることも口にできずにいた。

父親に対しても、自分を引き取ってくれた家族に対しても、心を晒《さら》すことなく距離を作り、ただひたすらに自分の存在感と願望を隠し、何者でもない自分でいようとした。

頑張って取った満点のテストも見せなかった。大好きなピアノだって、弾きたいと言うこともできなかった……。

あの頃の自分を思い出すだけで、苛立ちすら覚える。

なぜ、何もできずに、何も言えなかったのか、と。

今ならばもっと、きっと、上手《うま》くやれるのに、と。

だけど、あの頃の私は、どうしようもないほどに自己肯定力が低かった。自分の言動や行動に自信がなくなってしまうと、人は誰だって、そうなるのだ。

「ですが、無色透明だった私に、零先生は生きる場所と、生きる勇気と、何より生きがいを与えてくれたのです。なりたいもの、行きたい場所、生きていきたい場所で悩むだなんて……とても贅沢《ぜいたく》なことだと、私は思います。私はその悩む苦しみを、知ることができた」

長い人生において、その分岐点など、ここだけではない。

だからこそ、悩み、苦しみ、選び取る力が必要だ。それもまた、生きる力だ。

零先生は私に、そのこともしっかりと教えてくれたのだ。何を言う訳でもなかったが、見守り、導きながら。

「しかし、私にはもう、あなたの元は居心地がよすぎるのです。そうなってしまったら、親離れの時でしょう?」

この世界には零先生がいる。

ただそれだけで、私は安心して次へ進むことができる。

零先生はじっと私を見つめていたが、目を瞑《つむ》りながら、「ああ」と頷く。

「そうだ。お前は俺の元を離れ、お前にしか切り開けない道を探せ。俺には手の届かない場所へ、行くがいい」

強い、向かい風が吹いている。

まるで零先生が、私を突き放しているかのような、黄昏時《たそがれどき》の風。

「今回、お前は王宮の妃たちの悩みごとに力を貸した。俺はほとんど、動かなかった。それでもお前は、全てをしっかりとこなし、薬師としての使命を果たした。俺はずっとお前を見ていた。……お前は俺の元を離れても大丈夫だと、確信したよ」

だけどその風は生暖かく、先生の言葉は、優しさに溢《あふ》れている。

同時に、寂しさが一気に押し寄せた。

先生の口からそのように言われたら、私はもう、戻ることなどできないから。

当然、戻るつもりはない。だけど、寂しさだけはどうしようもない。

「でも、先生。疲れたら、またここへ来てもいいですか？」

叱《しか》られることを覚悟の上で、私は甘えたことを言う。

安本丹と言われるかと思ったが、先生はふっと笑っただけ。

「ああ。いつでも来ればいい。俺はここにいるし、お前は少し高い場所に行く。ただそれだけのこと」

あまりに優しいことを言うので、やはり先生には叱って欲しいと贅沢なことを考える。

「じゃあ、私が病に伏せったら、先生が診てくださいね」

「安本丹め、甘えるな！　薬師であれば、自己管理くらいしてみろ」

「ふふっ。それ、先生が言います？」

まんまとはまって私を叱った先生に、逆に問い直す。

先生はうっと顔をしかめ、言うようになったではないかと機嫌を損ねる。

それがまた先生らしいと思ってしまい、軽く吹き出してしまった。

そしたら少しだけ、目の端から涙が溢れた。

涙を拭いながら、私はずっと気になっていたことを、先生に聞いてみる。

「ねえ、先生。先生はどうしてこの国に来たのですか？」

そしてどうして、ここにずっと留《とど》まっているのですか？

今なら、少しは教えてくれるかな。

零先生は顔を上げ、星がちらほらと瞬《またた》く夕刻の空を見上げていた。

そして、しばらく黙っていた。どこか遠い場所を思い出し、遠い記憶の中に存在する人々を思っている。そんな気がする。

私はずっと、そんな先生の言葉を待ち続けた。

「俺はもう、お前や、トーリや、緋澄《ひずみ》のように若くない。広い世界を見ることをやめ、一つのところに留まり、ここで救うことのできる者だけを救うと決めたのだ」

その言葉は、私の知らない、零先生の過去を思わせる。

先生は一体何を見て、何を感じ……何に絶望して、この、世界の最果《さいは》てのような島国に辿《たど》り着いたのだろう。

だけど、今もまだ先生は、諦めていないことを私は知っている。

この世界の、あらゆる不治の病に対し、戦い続けていることを。

「……千歳。お前も、王弟の妃となるからには、その立場がお前をがんじがらめにすることもあるだろう」

「はい」

「だが、忘れるな。お前もまた、ただ一人の人間であることを」

そして、先生は私に向き直り、まっすぐに私を見据える。

「どんなに位が上がろうとも。どんなに愛され、尊ばれようとも。貴重な異界人であろうとも。お前は、お前が今まで救ってきた、一介の民と同等の人間であることを忘れるな。そして、妃の立場であるからこそ、お前にしか救うことのできない者たちがいる。俺には救えない人々を、お前がその立場から、救え」

「ええ。わかっております、先生」

私は深く頭を下げた。下げ続けた。

先生の最後の教えを、胸に刻みつけながら。

「先生。先生。ありがとうございました。あなたは私の偉大な師であり、愛すべき父です。誰よりあなたを、尊敬しています」

私にとって父の愛を教えてくれたのは、紛れもなく零先生だ。

先生の元を離れるからといって、もう二度と会えない訳じゃない。住んでいる場所なんて、結局は目と鼻の先。すぐに会える。

だけど、寂しい。

彼の元を旅立ち、守られた子どもでいられなくなるのが寂しい。とても寂しい。

もう大人なのに、ずっとずっと、それだけが堪《たま》らなく寂しかった。

「馬鹿なことを言うな。さっさと出て行け、安本丹め」

零先生はいつもとそう変わらず、厳しめな口調で私を叱った。

だけど私は、なかなか顔を上げられなかった。顔を上げてしまうと、もうここを去らなければならない。

泣き出しそうな私の顔を見たら、先生は、呆《あき》れてしまうだろうな。

だから、先生がここから部屋に戻るのを待ちたい。

「…………」

先生はやがて、小さくため息をついて、自分から家に戻ろうとした。

白い羽織の裾が、下げ続けた頭の、視界の端から消える。

先生の足音が去っていくのを聞きながら、私はまた、寂しさに胸を締め付けられている。

ふと、先生の足音が止まり、

「おい、千歳」

彼は私の名を呼んだ。その呼び声で、思わず顔を上げてしまう。

先生がいなくなるまで、絶対に上げないと決めていたのに。

「立派な花を咲かせたな。俺はお前を弟子にできてよかった。お前のこと、誇りに思うぞ」

先生は少し遠くで振り返り、私を見つめ、今まで見た中で一番優しい笑みを浮かべて告げた。堪らず涙が溢れ、私は声を上げて泣きじゃくる。

その言葉を貰《もら》えただけで、この先どのようなことがあったとしても、私は踏ん張って生きていけるだろう。

ただただ、誰かに褒めてもらいたくて頑張り続けた、小さな頃の私よ、さようなら。

今度は私が、先生に貰ったたくさんのものを、誰かに渡す番なのだ。

傷ついた者を癒し、愛しい者の居所となって、かつての自分のような子を見つけたならば、言葉と行動をもって導く番なのだ。

こうして。私、夏見《なつみ》千歳は、千華街《せんかがい》の零師の元を巣立った。

そしてすぐに、千国国王の弟・透李殿下に嫁ぐことが正式に決まり、王宮へと召し上げられることとなる。

私に与えられたものは〝月長宮《げつちようきゆう》〟。

名代冠花《みょうだいかんか》は〝霞桜《かすみざくら》〟。
異界である日《ひ》ノ本《もと》ノ国からもたらされた、あの桜の木を象徴する妃となった。
霞桜の君・千歳妃――
やがて私はこう呼ばれ、後の時代まで、この名が語り継がれることになるのである。

この作品は書き下ろしです。原稿用紙316枚（400字詰め）。

鳥居《とりい》の向《む》こうは、知《し》らない世界《せかい》でした。4

～花《はな》ざかりの王宮《おうきゅう》の妃《きさき》たち～

友麻碧《ゆうまみどり》

令和2年2月10日　初版発行
令和2年12月10日　4版発行

発行人――石原正康
編集人――高部真人
発行所――株式会社幻冬舎
〒151-0051東京都渋谷区千駄ヶ谷4-9-7
電話　03(5411)6222(営業)
　　　03(5411)6211(編集)
　　　振替00120-8-767643
印刷・製本―図書印刷株式会社
装丁者――高橋雅之

幻冬舎文庫

ISBN978-4-344-42954-3　C0193　ゆ-5-4

幻冬舎ホームページアドレス　https://www.gentosha.co.jp/
この本に関するご意見・ご感想をメールでお寄せいただく場合は、
comment@gentosha.co.jpまで。